讀風偶識

〔清〕崔述 撰

熊瑞敏 點校
李山 審訂

清代詩經要籍叢刊

語文出版社·北京

圖書在版編目（CIP）數據

讀風偶識 / (清) 崔述撰 ; 熊瑞敏點校. -- 北京 :
語文出版社, 2020.11(2021.12重印)
ISBN 978-7-5187-0619-8

Ⅰ. ①讀… Ⅱ. ①崔… ②熊… Ⅲ. ①《詩經》—詩歌研究 Ⅳ. ①I207.222

中國版本圖書館CIP數據核字(2017)第331737號

責任編輯　康　寧
裝幀設計　徐曉森
出　　版　語文出版社
地　　址　北京市東城區朝陽門内南小街51號　100010
電子信箱　ywcbsywp@163.com
排　　版　北京九章文化有限公司
印刷裝訂　北京市科星印刷有限責任公司
發　　行　語文出版社　新華書店經銷
規　　格　850mm × 1168mm
開　　本　1 / 32
印　　張　5.25
字　　數　105千字
版　　次　2020年11月第1版
印　　次　2021年12月第2次印刷
定　　價　26.00元

010-65253954(咨詢) 010-65251033(購書) 010-65250075(印裝質量)

總序

經典的研究難，越是古老的經典就越是如此。

難，有各種原因，其中之一就是研究者在具體研究之前，必須面對千百年的經典研究史。像《詩經》這樣一部民族文化誕生時期産生的經典，有兩千多年漫長的學術史。欲瞭解之，就仿佛要進入一座富藏的礦井，先得穿越曲折崎嶇的巷道，才能到達礦藏的掌子面。不經過這一步，靠一點個人的聰明和時下學術的流行知見，也可以弄出些“科研成果”。然而，所謂溝澮之盈，其竭可待。浮皮潦草、吠影吠聲的學術，很容易落入前人已有知解的範圍而不自知。常言道“皓首窮經”，要想真正爲經典研究添一塊磚、加一片瓦，閱讀、吸收和辨别前人的研究是十分必要的，這需要耗長時間、花大力氣。

由此，就説到這部“清代詩經要籍叢刊”的用處了。簡單地説，經由點讀校勘，將一些重要的《詩經》研究著作出版，可以方便讀者瞭解前人著作，可以令《詩經》研究史中的一段巷道走起來更順暢些。這部“叢刊”所以選擇這幾部清人著述，也有其用心。幾部著述的年代在清朝早期、中期，像姚際恒的《詩經通論》、崔述的《讀風偶識》，借筆者老師夏傳才先生《詩經研究史概要》的説法，都屬於“獨立思考派”。此外像陳繼揆《讀風臆補》、牛運震《詩志》，則屬於《詩經》“點評”的一路。它們的共同之處，用今天的話説就是“文學性”强，或者説對於今天從文學的路數進入《詩經》的學術殿堂有較直接的幫助，它們在《詩經》研究史中，自有其特定的位置。

兩千多年的《詩經》研究，經歷了漢唐經學時代、宋元至明的理學時代、清代的考據時代，近代以來又興起了新式的文學研究（至今還在延續）。經學的研究重視師法、家法。因爲經學對包括《詩經》在内的“五經”有一個預設：“經”是孔子爲後世所立下的大法，必須遵照實行。經生認爲，這些大法的微妙之義，從字面往往看不出，因爲限於時局，孔子曾把微妙的大義口授給一些門徒，因此讀經必須有師，這就是所謂的“師道尊嚴”之所在。據載，當年曾子責備同門子夏，就有一條：講學西河卻言不稱師（孔子）。後來漢代立經學爲官學，考試答題要遵循師法、家法。例如學《詩經》，學的是哪家之説，就照着哪家講法答題，出了所學之師説的範圍，就算錯。這樣的尊師法、家法，表現爲經學著述就是“疏不破注”，如唐代人的“五經正義”，循的就是這樣的做法。

可是，師法、家法説法不一，例如《詩經》在西漢就流行魯、齊、韓三家的師説，説法之間差異頗大，那麼讀《詩》

到底尊崇誰？這樣的問題，在漢唐實際已經存在，但“官學”之下的學者只管各守師説，不理會那許多。但是，經歷了晚唐五代的混亂，加上佛家義理之學在中國的傳播，特别是受禪宗解經態度的影響，使學者對本土經典的閲讀有了新的思維。如北宋歐陽修作《詩本義》，就對漢唐的解經做法大不滿意，提出了一種新的解經方式——“據文求義”。“文”就是《詩經》的文本，“據文”就是解讀《詩經》時，先不看《詩序》、毛《傳》和鄭《箋》怎麽説，而是先看經典原文如何寫。原文自有其文本的内在邏輯，自有其上下文的相互約定，弄清楚文本的意思，再看《序》《傳》和《箋》等，説得對的就吸收，覺得不對的就拒絶。這就是所謂的“據文求義”。其對經典闡釋思路的改革，可與德國馬丁·路德解讀《聖經》的新思維相比擬。既然要“據文求義”，就得先讀懂文本，要讀懂文本，就需要瞭解經典文本所處的時代；要瞭解經典文本所處的時代，必須讀與經典文本同時代的書籍。讀書之風也隨之改變。注解《詩經》不僅要注意《國語》《左傳》等傳世經典文獻，一些金石材料也應引起更多的注意。雖然《史記》《漢書》中就有一些人能讀出土鼎銘的記載，可金文資料的大量收集研讀，卻是到宋代才有長足發展。提出“據文求義”的歐陽修，在這方面也是有自己的建樹的。到朱熹《詩集傳》，就正式引用金文資料來解詩篇了。

歐陽修的《詩本義》開了新風氣，隨後的宋代《詩經》研究也“聲色大開”，與前代迥然有别。南宋時期《詩經》研究更是熱絡，王質、吕祖謙、嚴粲等各有著述，而南宋《詩經》研究影響最大的，當屬朱熹的《詩集傳》。宋代學術一般稱之爲“宋學”，而宋學之中包含一個很重要的内容就是理學（陸象山及其後學的“心學”也含在内），朱熹的《詩集傳》就是《詩經》理學研究的大成之作。“據文求義”求個“理”，求個對身心建設有幫助，是朱熹《詩集傳》的重要内涵之一。朱《傳》對後世影響很大，元代的《詩經》學大體而言，就是“羽翼”朱《傳》的，這樣的風氣到明朝又延續了很長時間。如此，對清代的學人而言，要研究《詩經》，首先面臨的是“漢學”和“宋學”兩座高山。就清朝學術的主流而言，反對“宋學”是其主導傾向，因爲“空談心性”被視爲明朝亡國的重要原因。反“宋學”的同時，就是尊“漢學”，於是就有胡承珙《毛詩後箋》，顧其名，知其義，是主毛《傳》的；於是就有陳奂《詩毛氏傳疏》，顧其名，知其義，是尊毛《傳》的；於是就有馬瑞辰《毛詩傳箋通釋》，則是《傳》《箋》兼重。不過，這些著作雖然尊“漢學”，可“據文求義”仍是其治學的法寶，在這一點上，他們其中有些人一味瞧不起宋人的學問，難免有點數典忘祖。

在漢宋之學之外，也有學者不專主漢，也不專主宋，表面看上去兼通兼反，這就是上文説的“獨立思考派”了。可是，仔細看，如姚際恒在《詩經通論》“自序”中説：

自東漢衛宏始出《詩序》，首惟一語，本之師傳，大抵以簡略示古，以渾淪見該，雖不無一二宛合，而固滯、膠結、寬泛、填湊，諸弊叢集。其下宏所自撰，尤極踳駁，皆不待

> 識者而知其非古矣。……而朱仲晦（即朱熹）作爲《辨説》，力詆《序》之妄，由是自爲《集傳》……而時復陽違《序》而陰從之。

認爲《詩序》爲東漢衛宏所作（其説，據《後漢書》記載），是摘除了《序》與孔子、子夏的關係，雖承認《詩序》的第一句“本之師傳”，卻也是“固滯、膠結、寬泛、填湊，諸弊叢集”，至於衛宏所作的部分，就更是自鄶以下。進而姚又抨擊朱熹《集傳》對《詩序》反對不徹底。那麼，對於舊説，姚際恒究竟什麼態度？他説：“予謂漢人之失在於固，宋人之失在於妄。”都不遵從。從這句話看他真好像是“獨立思考”，然而讀下面的文字，則可以看到他治學的基本精神：“惟是涵泳篇章，尋繹文義，辨别前説，以從其是而黜其非，庶使詩意不致大歧，埋没於若固、若妄、若鑿之中；其不可詳者，寧爲未定之辭，務守闕疑之訓。”仍然屬於“宋學”的調子。其“守闕疑”的做法，實際在朱熹的《詩集傳》就有。不過，姚際恒只是精神上的尊“宋學”，不像元代劉瑾、胡一桂等人的著述，專門疏解闡發《詩集傳》。從這一點看，説他們獨立思考也没錯，只是其治學的主調是宋人開啟的。這樣的主調在崔述的《讀風偶識》中見得更加分明。他也是不滿意朱熹《詩集傳》“未能盡駁《詩序》……之誤”，也是“於《國風》，惟知體會經文，即詞以求其意，如讀唐宋人詩然者，了然絶無新舊、漢宋之念存於胸中，惟合於詩意者則從之，不合者則違之”。精神上大體延續的還是宋人的解經情懷。

有意思的是，在《讀風偶識》的開始，崔述還談到了明人戴君恩的《讀風臆評》（在本“叢刊”中，此書與清人陳繼揆《讀風臆補》合編），説他很喜歡，“遂能稱誦”。流露出了善於“考信”的崔述讀《詩》的意趣：讀《詩經》也像讀唐宋詩文那樣，注意篇章中的趣味。這一點姚際恒也不例外。由此，姚際恒、崔述的著作就與牛運震《詩志》等有了很大的相同，那就是都注意《詩經》篇章的義脉及字句之間的文學興味。這也不是從他們開始的，南宋末期的一些學者在注解《詩經》時，就開始表現出這方面的興趣。至元代，像劉玉汝《詩纘緒》，在詩篇的章法字句上傾注了更多的關注，對“比興”也提出了更多的新説。到明代，孫鑛、鍾惺等都有“評點”或“點評”《詩經》的著述，因而有學者稱明代《詩經》研究發生了“從經學到文學”的轉變。上述幾位清代學者的《詩經》注解之作，也延續甚至可以説强化了這一點。雖然“文學”的含義絶不僅限“點評”所涉及的内容，但其做法依舊屬於“文學”的範疇，這是值得注意的。至於幾位學者在分析《詩經》篇章上所取得的成績，此次點校者在每一本書的前言中都有介紹，讀者可以看。在此只舉一兩個例子，來説明一下這些“獨立思考”的學者的研究所得。例如姚際恒《通論》駁《詩序》對《關雎》篇的解釋。《詩序》謂《關雎》爲“后妃之德”，接着《序》又解釋：“后妃之德”就是“樂得淑女以配君子”。意思是賢德的后妃，樂意“君子”身邊再有更多的妻妾。姚際恒立“四不可通”以斥之，其中一個“不可通”是：“‘淑女’‘君子’，的的妙對，今以“妾媵”與‘君’對，不可通。”還有一個“不可通”是：“‘逑’‘仇’同……今以‘妾媵’匹‘君’，不可通。”這都是“據文求義”的範例，都是對前人不顧文本解釋經典的糾偏。不顧情理地解讀經典，其結果就是姚際恒所説的“迂而不近情理”。讀這樣的文字，確實令人感覺亮堂。崔述《讀風偶識》對詩篇的解讀，也有許多可取之處。例如《汝墳》篇，此書的“考信”是：“竊意此乃東遷後詩，‘王室如燬’，即指驪山亂亡之事。”將詩篇放在大動蕩的時局中加以理解，實在有其高明之處。

解讀經典難，所以要“皓首窮經”，要實實在在地面對漫長的學術史，瞭解汗牛充棟的著述。這幾本書的點校，當然是想在這方面爲有志于解讀經典之人提供幫助。同時，幾本著作本身可讀性强，對一般喜歡《詩經》的讀者，也是頗爲不錯的讀物。

這裡還要説一下，幾本書的點校者都是年輕的《詩經》學者，據我所知，其中有人還寫過不錯的《詩經》論著。校點之事非品格方正、做事踏實者不辦，這幾位都是合乎要求的。再加上幾位老前輩的審讀，書的學術品質，當有保證。

李　山

2018 年 12 月 31 日

目録

附録

整理説明

崔述是清代乾嘉時期的重要學者，他的《詩經》學研究在清代《詩經》研究中是独具特色的，他和姚際恒、方玉潤一起被歸爲清代《詩經》學的“独立思考”派（夏傳才《詩經研究史概要》）。《讀風偶識》則是崔述《詩經》學研究的專著。孟子曰：“頌其詩，讀其書，不知其人，可乎？”要瞭解崔述的《讀風偶識》，我們首先有必要瞭解他的生平與學術。

一、崔述的生平與學術

崔述（1740—1816），字武承，號東壁，直隸大名府魏縣（今屬河北邯鄲）人。崔述自幼聰穎，其父崔元森（號闇齋）對他寄予很大期望，曾經對他説：“你知道爲什麽給你取這個名字嗎？我素有明道經世的志向，希望你能够繼‘述’我的志向！”因此父親對他的教育要求很嚴格。乾隆十九年（1754），十五歲的崔述和弟弟崔邁一起到大名府應童子試，得到知府朱煐的賞識，名列第一，兄弟二人一同入學。乾隆二十七年(1762),崔述兄弟進京參加鄉試,雙雙中舉。其後,崔述多次參加會試,但均名落孫山。嘉慶元年(1796),崔述被選派到福建羅源縣(今福建省福州市羅源縣)擔任縣令。在任期間,他勤政愛民,深得百姓愛戴,受到福建巡撫汪志伊的賞識(參見附録陳履和《崔東壁先生行略》)。嘉慶六年(1801),崔述辭官北歸,從此以教館著述爲生,直到嘉慶二十一年(1816)去世,享年七十七歲。

崔述的一生,除嘉慶元年至六年到福建任官之外,一直以讀書、教館、著述爲主。據崔述自訂《全集目録》,他一生共著書三十四種八十八卷(參見陳履和《崔東壁先生行略》),其中最重要的著作爲《考信録》三十六卷。崔述在《考信録自敘》中說:"然自讀書以來,奉先人之教,不以傳注雜於經,不以諸子百家雜於經傳。久之,而始覺傳注所言有不盡合於經者,百家所記往往有與經相悖者,然後知聖人之心如天地日月,而後人晦之者多也!於是歷考其事,彙而編之,以經爲主,傳注之與經合者則著之,不合者則辨之,而異端小說、不經之言咸闢其謬而删削之,題之曰《考信録》。"從這段話,我們可以看出崔述生平學術的淵源與旨趣。所謂"淵源",崔述説自己是"奉先人之教,不以傳注雜於經,不以諸子雜於經傳",可見他的學術深受他父親的影響。崔述的父親崔元森是一位遵奉朱熹理學的儒生,人稱"河朔真儒",他"教人治經,不使先觀傳注,必使取經文,熟讀潛玩,以求聖人之意;俟稍稍能解,然後讀傳注以證之"。這種學風實際是以歐陽修、朱熹爲代表的宋學疑古風氣的延續,其方法要義在於"據文求義"。崔述自己説："余生平無他長，惟以文論文，就事論事，未嘗有人之見存焉。"可爲印證。而其學術的"旨趣"，一言以蔽之，即在於其父所説的"明道經世"。崔述在《考信録自叙》中説："故居今日而欲考唐、虞、三代之事，是非必折衷于孔、孟，而真僞必取信於《詩》《書》，然後聖人之真可見，聖人之道可明也。"可見其學術考證之宗旨在於明聖人之道，而明聖人之道的宗旨又在於經世致用。崔述"據文求義"的學術方法和明道經世的學術旨趣，也鮮明地體現在《讀風偶識》一書中。

崔述在古史考辨方面頗有成就，但他在當時並不知名。據胡適的考證[①]，當時的大經學家，他只認識孔廣森罷了。崔述的著作，生前已刊刻一些，但流布不廣，且多有修訂。崔述臨死前留下遺囑，命將其著述遺稿交給學生陳履和刊刻。到崔述死後第八年，即道光四年（1824），陳履和在東陽縣（今屬浙江金華）刊成《崔東壁先生遺書》十九種五十四卷（包括《考信録》十二種三十六卷，《考信翼録》四種十卷，《雜著》兩種四卷，《無聞集》四卷）。次年，陳履和病逝于東陽任所，《遺書》刊刻活動停止，已刻成之二十箱書板歸金華府學收藏。唐鑒完稿于道光二十五年（1845）的《國朝學案小識》將崔述列入《經學學案》中，不過評價不高。光緒元年（1875），張之洞編撰《書目答問》，也著録了《東壁

① 參見顧頡剛編訂《崔東壁遺書》所附録的胡適《科學的古史家崔述》一文，上海古籍出版社，1983，950—1019頁。

遺書》本《考信録》，可知其時崔氏著作已爲學界所注意。光緒初年又出現了兩種版本的《崔東壁先生遺書》，即聚珍翻印本和光緒五年（1879）王灝《畿輔叢書》本。不過，正如趙貞信所説：“崔氏之書，初不甚見稱道於吾國人，自那珂氏爲翻印之，始漸知其可注意。”[①] 崔氏著作之大放異彩，實與日本學者那珂通世之大力推介有關。1902 年，日本著名學者那珂通世在《史學雜誌》發表《〈考信録〉解題》一文，表彰崔氏的古史考辨成就，並於此後兩年陸續校點排印《崔東壁先生遺書》。劉師培讀那珂通世排印本《東壁遺書》而撰《崔述傳》，發表於《國粹學報》第三十四期（1907）。此後，崔述及其著作受到胡適、顧頡剛的推重，被視爲二十世紀二十至四十年代“古史辨”運動的先驅，聲名大著。顧頡剛更是窮數十年之力，搜集整理崔述的著作及相關資料，編成《崔東壁遺書》[②]，爲研究崔述奠定了堅實的文獻基礎。

二、《讀風偶識》的成書與版本

崔述在《讀風偶識》卷一中説：“余家舊藏有《讀風臆評》一册，刻本甚楷而精，但有經文，不載傳註，其圈與批，則别有硃印套板。余年八九歲時，見而悦之，會先大人有事，不暇授余書，乃取此册，擕向空屋中讀之，雖不甚解其義，

① 參見顧頡剛編訂《崔東壁遺書》所附録之那珂通世《〈考信録〉解題》末趙貞信附記語，上海古籍出版社，1983，930 頁。

② 顧頡剛編訂之《崔東壁遺書》，先於 1936 年由上海亞東圖書館印行，後於 1983 年由上海古籍出版社出版。

而頗愛其抑揚宛轉，若深有趣味者，久之遂皆成誦。至十歲後，始閱朱子《詩傳》，亦不知何爲詩柄。又數年後，始見《詩序》，亦不知其可寶貴者何在。”由此可知，崔述從八九歲就開始研讀《詩經》，最先熟誦的是《詩經》的經文，後來才讀到朱熹的《詩集傳》和《毛序》。這樣的學習次序，對於其擺脱成見，直面經文，形成自己的獨立思考是很有幫助的。因此其“於《國風》，惟知體會經文，即詞以求其意，如讀唐宋人詩然者，了然絶無新舊、漢宋之念存於胸中，惟合於詩意者則從之，不合者則違之”。

關於《讀風偶識》的成書，崔述在《讀風偶識》卷一中説：“余之爲《考信録》，凡《詩》《書》之文有關於帝王之事者，既已逐時逐事而辨之矣。顧二《南》既不詳其時世，而《邶》以下十二國風，其事多在東遷以後，是以罕有及者，然亦往往於暇日就其所見，筆而記之。《考信録》既成，乃復綴輯而增廣之，以拾其遺而補其缺。”可見，《讀風偶識》是由崔述平時的讀書筆記擴充完善而成，其成書時間則在“《考信録》既成”之後。據胡適考證，崔述的《考信録》成書於嘉慶十年（1805）五月[①]，而《讀風偶識》卷一則寫於“嘉慶乙丑六月”，也即嘉慶十年六月，而序言之後尚有一篇寫於“嘉慶丙寅（1806）十二月”的識語，則《讀風偶識》在嘉慶十一年（1806）底基本完稿。又據《讀風偶識》

① 參見顧頡剛編訂《崔東壁遺書》所附録的胡適《科學的古史家崔述》一文，上海古籍出版社，1983，1004 頁。

卷四《七月》篇解前崔述的識語，該篇寫作於“嘉慶庚午（1810）六月”，則《讀風偶識》到嘉慶十五年（1810）尚有所增補。又嘉慶十九年（1813）三月崔述致陳履和的書信中，提到寄給陳履和“《讀風偶識》摘帶二本”，則至嘉慶十九年，《讀風偶識》當已定稿成書。值得注意的是，從嘉慶十八年（1812）十二月陳履和致崔述的書信和嘉慶十九年三月崔述致陳履和的書信可知，《讀風偶識》初名“國風蠡測”，到嘉慶十九年定稿時才改名爲“讀風偶識”。由此可知，《讀風偶識》的成書大約始於嘉慶十年六月，此後續有增訂，至嘉慶十九年基本定稿。

關於《讀風偶識》的版本，道光四年陳履和在東陽縣刊刻的《崔東壁先生遺書》中，就包括《讀風偶識》四卷。而據顧頡剛先生考察[①]，從道光四年陳履和刊刻《崔東壁先生遺書》之後，尚有六種以陳履和刻本爲底本的刊本：《畿輔叢書》本、光緒初年聚珍本、日本史學會本（即那珂通世排印本）、上海古書流通處石印本、上海群學社鉛印小字本、北平文化學社鉛印大字本。當然，顧先生編訂的兩個版本的《崔東壁遺書》自然也包括《讀風偶識》。如此，《讀風偶識》也曾有八九個刊本行世。不過，這些版本其實都以陳履和刻本爲祖本。就筆者所見的《畿輔叢書》本、北平文化學社本及顧頡剛《崔東壁遺書》本來看，諸本之間差異極小。

---

① 參見顧頡剛編訂《崔東壁遺書》所附録之《序目目》後顧頡剛附記語，上海古籍出版社，1983，911頁。

三、《讀風偶識》的學術特點

以上我們對《讀風偶識》的成書過程及版本情况做了大致考察，下面我們再簡單地談談《讀風偶識》的學術特點。我認爲《讀風偶識》的學術特點大約可以概括爲如下四點：（一）主經文；（二）本人情；（三）通政教；（四）闡大義。

（一）主經文

所謂“主經文”，也就是崔述在《讀風偶識》卷一中所説的其“於《國風》，惟知體會經文，即詞以求其意……了然絶無新舊、漢宋之念存於胸中，惟合於詩意者則從之，不合者則違之”。前面提到，崔述繼承了歐陽修、朱熹以來“據文求義”的治學方法，這充分體現在崔述的《讀風偶識》一書中。崔述在《讀風偶識》卷一中説：“朱子辨《柏舟》篇《序》云：‘文意事類可以思而得，時世名氏不可以强而推。’至哉斯言！可謂善於讀《詩》者矣。獨於《關雎》以下五篇而必屬之文王、太姒者，何哉？余從朱子之意，是以不敢盡從朱子之言。”又説：“竊謂經傳既遠，時事難考，寧可缺所不知，無害於義，故余於論《詩》，但主於體會經文，不敢以前人附會之説爲必然。雖不盡合朱子之言，然實本於朱子之意。”可見崔述自覺地繼承了朱熹的學術方法，不但對《毛序》的説法不盲從，對於朱熹本人的説法亦不盲從。例如《關雎》一篇，崔述既不同意毛、鄭以爲“後妃之德，欲求淑女與其職事”的看法，也不同意朱熹把“寤寐求之”“琴瑟友之”的对象理解爲宫人，認爲是“君子自求良配而他人代寫其哀樂之情耳”。又如他反對《詩序》“定以二《南》爲文王世”詩，認爲“《甘棠》乃周人之思召公者，召公没於康王之世，則此詩作於康、昭之際明甚;《何彼襛矣》篇中稱‘平王之孫’，則爲東遷以後詩無疑也”。這種根據詩篇内容做出的關於詩篇創作時代的判斷是較爲可信的。

（二）本人情

所謂“本人情”，是指崔述在分析盲從舊説者的心理時，特别善於從生活中事例出發，分析人之常情，既有説服力，又十分生動。比如他指出《詩序》作者將詩篇逐一指明爲某公之時、某人之事，乃出於一種騙人心理，認爲:“然其失經意在此，其能使諸儒信之不疑者亦在此。何者？彼以爲教無傳疑者，必有所不知，此言之歷歷者，必其無所不知者也。余有族人子，聰穎而無學術，一日有鄉人來以古事相質問，不知也，遂妄言之。鄉人既去，乃謂余曰:‘與鄉中愚人語，不可言不知，言不知則彼將輕我。雖妄言之，彼庸知其非乎？彼見我言之鑿鑿，惟有心悦誠服耳。’”又如他説《詩序》“以篇次論《詩》而不惟其詞，是特世俗勢利之見耳。京師鬻貨諸肆，皆以字號爲高下，其有改業及歸里者，則鬻其字號於人，多者至數百金，買貨者惟其字號不易則買之，其貨之良苦不問也。磁州産煙草，楊氏之肆最著名，余魏人皆往販其貨。偶貨不能給，則取他肆之貨，印以楊氏之字號而與之，販者不惜價，食者無異言也。夫以篇次論《詩》者亦若是而已矣”。其説均十分生動。他在分析二《南》的時代時指出，“大抵開國之初，俗多渾樸，人尚躬行，故作者少，而歷時浸久，則散軼者亦多;太平既久，風會日開，文章漸盛，故作者衆，而爲時尚近，則湮没者亦少：此乃時勢之常，百代所同，固不獨周爲然也”，以此推論二《南》不當全定於文王時詩，也頗有道理。

（三）通政教

所謂“通政教”，是指崔述在論述詩旨時，特别注意揭示詩篇的政治教化意義。他對學者讀《詩》而不能將其與政治教化打通深感遺憾，如在卷三魏風《餘論》中説：“自《毛詩》以附會爲事，鄭氏箋之，遂變而爲章句之學。學者讀之不過以爲詩賦之資、舉業之用而已，故今初學之童子莫不誦《詩》者，及其爲政，雖舉人、進士毫無所展布，吏胥作奸，百姓失所，皆視以爲固然。無他，詩自《詩》，政自政，彼其讀《詩》之時，固不知其爲政也。嗟夫！嗟夫！政與《詩》之分，其來固已久矣。”卷四《通論讀〈詩〉》一節，更是詳細闡發了他“通政教”的闡釋宗旨。而他在解釋《關雎》時説：“《關雎》一篇，言夫婦也，即移之於用人，亦無不可。何者？夫之欲得賢女爲婦，君之欲得賢士爲臣，一也。果賢女與？必深居簡出而不自炫耀；果賢士與？必安貧守分而不事干謁。非寤寐求之，不能得也。是以古之聖帝明王，咨於岳，稽於衆，或三聘於莘野，或三顧於草廬，與《關雎》之‘輾轉反側’，何以異焉？然及其既得，則志同道合，恭己無爲，而庶績咸熙，所謂‘琴瑟友之’‘鐘鼓樂之’者也。故曰‘勞於求賢，逸於得人’，豈不信與？三百篇皆可作是觀，故《采蘩》一詩言祭祀也，而《傳》引之以美秦穆舉人之周。”可見他將詩篇與政治教化結合起來闡釋的努力。這充分體現了其“明道經世”的學術旨趣。

（四）闡大義

正因爲讀《詩》之大旨在於“通政教”，所以《讀風偶識》中所論的都是詩篇大義及時世等相關問題，較少涉及具體的章句訓詁問題，這便形成了其“闡大義”的學術特點。例如卷一論《葛覃》一詩中談到：“三代以上，婦人罕有自專者，罕有敢自顧其私者，雖至其子之世猶然……後世婦人愛其母家率甚於其夫家，當其夫時，且多專行而不顧者，况其子之世乎？豈非教廢於上則俗變於下哉？此二《南》所以爲王化之基。惜乎！先儒之論皆未及乎此也。故余略其小者弗論，而取其大有關於名教者論之。”

主經文、本人情，是《讀風偶識》在《詩經》闡釋方法方面的特點；而通政教、闡大義則是《讀風偶識》在《詩經》闡釋内容方面的特點。這四者共同構成了《讀風偶識》的學術特點。

正因爲主經文、本人情，所以《讀風偶識》在詩學方法上延續了宋代以來的疑古學風，不盲從古人之説，顯示出独立思考的特色；正因爲通政教、闡大義，某些詩篇中大力闡揚的倫理教化也不免有附會之嫌。

此次整理，以陳履和道光四年《崔東壁先生遺書》本爲底本，以王灝《畿輔叢書》本爲通校本，參校顧頡剛編訂《崔東壁遺書》本。底本有誤而校本正確者，據校本改，並出校記説明；底本、校本兩通者，則出校記説明異文；底本不誤而校本有誤者，不出校。常見的刊刻誤字，如己与已、刺與剌等，據上下文意徑改；避諱字，如玄與元等，改回原字；異體字，如誤與悮、葬與塟、妝與粧，改爲通用規範字。原書雙行夾注改爲單行小字注。《邶風》以下十二國風部分，分論各篇的段落，原無小標題，茲依原書《周南》《召南》部分之例，根據所論篇目，以篇名爲標題，以清眉目，以便檢核，並於新加標題前加“△”，以區別於原有標題。本書還附録了一些與崔述及《讀風偶識》相關的資料，以便讀者。

本書的點校整理工作能够順利進行，要感謝顧頡剛等前輩先生們奠定的堅實基礎，要感謝我尊敬的導師李山先生的辛勤教誨，也要感謝李輝師兄的熱情引薦和責編康寧師姐的辛苦编辑。限於學識，本書一定存在不少不足甚至錯訛之處，敬請讀者方家指正！

熊瑞敏

二零一八年深秋於北京

讀風偶識卷之一

六經自秦火後，漢初諸儒傳而習之，遂大著於當世。然自後漢之末，下逮六朝初唐，而經義之晦者亦復不少。何以言之?《尚書》，伏生傳今文，歐陽、大小夏侯説之；孔安國傳古文，馬、鄭注之。自永嘉之亂，今文亡而古文孤行。晉、宋之際，遂有妄人僞作《古文尚書》及《孔氏傳》，至唐用以取士，而孔、鄭之古本亡，《尚書》之旨遂晦。《詩》在漢初，有魯申公、齊轅固生各以《詩》傳其弟子，其先蓋皆本之於七十子，雖不能無傳流之誤，要大概爲近古。其後燕韓嬰亦傳《詩》，然其源流未必能逮齊、魯之醇。最後《毛詩》始出，衛宏爲之作序，多傅會於《春秋傳》文，以欺當世，否亦强爲之説而實以人與事，學者不加細考，以爲真有所傳，遂謂其書優於三家，從而註之箋之，由是《毛詩》盛行，三家漸微。逮於晉、魏，齊、魯之《詩》遂亡，《韓詩》亦不復行於世，學者所見惟有《毛詩》。童而習之，不復知有他説，雖淹博好古之士，皆以爲經之本旨固然，而《詩》之旨亦晦矣。

蓋嘗思之，《易》道高深，聖人猶欲假年以學之，固非學者所能輕窺；而《春秋》，游、夏莫贊一詞，雖有左、公羊、穀梁三賢者爲之作傳，而聖人之意究難窺測；惟《詩》《書》與《禮》乃學者所可幾，是以聖人以爲“雅言”。然《禮》多係儀文之末，且其殘缺太多，不足盡先王之大經大法，故惟《詩》《書》爲最要，而皆爲漢末晉、隋諸儒之所雜亂，良可惜也！良可歎也！幸而《論語》一書明白易曉，復有《孟子》一書以羽翼之，何晏《集解》雖無所大發明，而未嘗偏執一人之見，趙岐之解尤爲醇正。及宋朱子爲作《集註》，聖人之旨益顯，學者賴之得以稍窺聖賢之蘊，然終不能不爲《詩》《書》惜也。

朱子雖作《詩傳》，又命其門人蔡氏作《書傳》，然皆未能盡駁《詩序》及《僞孔傳》之誤，而世猶以朱子爲非，非《傳》而從《序》者，不可指數。自余所見，惟鄉野孤陋之士，但知爲時藝者不與《傳》異同耳，稍有學識則據《序》以議朱《傳》者，十人而九。余獨以爲朱《傳》誠有可議，然其可議不在於駁《序》説者之多，而在於從《序》説者之尚不少。何則？世所以信《序》者，以其近古耳。齊、魯、韓、毛均出於漢，且三家俱在前，何以此獨可信而彼皆可疑？三家之書雖亡，然見於漢人之所引述，尚往往有之。其説率與今之《詩序》互異，如謂近古者皆可信，則四家之説不應相悖，相悖則必有不足信者矣。豈非後世學者但見《毛詩》之《序》而遂不知其可疑耶？朱子既以《序》爲揣度附會矣，自當盡本經文以正其失，何以尚多依違於其舊説？此余之所爲朱子惜者也。

余之爲《考信録》，凡《詩》《書》之文有關於帝王之事者，既已逐時逐事而辨之矣。顧二《南》既不詳其時世，而《邶》以下十二國風，其事多在東遷以後，是以罕有及者，然亦往往於暇日就其所見，筆而記之。《考信録》既成，乃復綴輯而增廣之，以拾其遺而補其缺。竊謂經傳既遠，時事難考，寧可缺所不知，無害於義，故余於論《詩》，但主於體會經文，不敢以前人附會之説爲必然。雖不盡合朱子之言，然實本於朱子之意。朱子復起，未必遂以余言爲妄也。

嘉慶乙丑六月，崔述識。

余見世人讀《詩》，當初學時即取“詩柄”連經文合讀之。朱子《集傳》略説本篇大意者，俗謂之“詩柄”。及長，遂不復玩經文，而但横一詩柄於其胸中，以爲足矣。其聰明者則多厭舊喜新，偶見衛宏《詩序》，輒據以爲奇貨秘笈，自謂曾見漢人之説，宋人書不足復觀也。於是《序》所言者，必以爲是，而朱子所言者，必以爲非。大抵今世之説《詩》者，此兩端盡之矣。余家舊藏有《讀風臆評》一册，刻本甚楷而精，但有經文，不載傳註，其圈與批，則别有硃印套板。余年八九歲時，見而悦之，會先大人有事，不暇授余書，余幼，不記憶爲何事。乃取此册，攜向空屋中讀之，雖不甚解其義，而頗愛其抑揚宛轉，若深有趣味者，久之遂皆成誦。至十歲後，始閲朱子《詩傳》，亦不知何爲詩柄。又數年後，始見《詩序》，亦不知其可寶貴者何在。以故余於《國風》，惟知體會經文，即詞以求其意，如讀唐宋人詩然者，了然絶無新舊漢宋之念存於胸中，惟合於詩意者則從之，不合者則違之。但朱《傳》之合者多，衛《序》之合者少耳。嗟夫，嗟夫！安得世有篤信經文之人而與之暢論斯旨乎？

嘉慶丙寅十二月，述又識。

通論詩序

一,《詩序》乃後漢衛宏作,唐人舊説以爲子夏、毛公所作。沈重云:"案鄭《詩譜》意,《大序》是子夏作,《小序》是子夏、毛公合作。陸氏云:"舊説,起'關雎'至'用之邦國焉'名《關雎序》,自'風,風也'訖末,名爲《大序》。"卜商意有不盡,毛更足成之。"此説非也,何者?《史記》作時,《毛詩》未出,《漢書》始稱《毛詩》,然無作序之文。惟《後漢書·儒林傳》稱"謝曼卿善《毛詩》,乃爲其訓,宏從曼卿受學,因作《毛詩序》,善得風雅之旨,於今傳於世。"則《序》爲宏所作,顯然無疑,其稱子夏、毛公作者,特後人猜度言之,非果有所據也。《記》曰:"無徵不信,不信,民弗從。"今衛宏作《詩序》,現有《後漢書》明文可據,如謂爲子夏、毛公所作,則《史》《漢》傳記從無一言及之,不知説者何以不從其有徵者而惟無徵之言之是從也。

一,孔子,魯人也。孔子既没,七十子之徒相與教授於齊、魯之間,故漢初傳經者多齊、魯之儒。子夏雖嘗教授西河,然究在魯爲多。觀《戴記》所言多在魯之事,而《論語》稱子游譏子夏之門人,子夏之門人問交於子張,則子夏之門人在魯者不乏矣。齊、魯既傳其《詩》,亦必并傳其《序》,何以齊、魯兩家之《詩》均不知有此《序》而獨趙人乃得之乎？蓋自毛公以後，傳其説者遞相增益，遞相附會，宏聞之於師，遂取而著之《序》耳，而後之人乃奉《序》爲不刊之典，其亦可歎也夫！

一，以《序》爲子夏、毛公所作，固已不可信矣。尤可怪者，宋程子以《大序》爲孔子所作，《小序》爲當時國史所作。夫《論語》所載孔子論《詩》之言多矣，若“《關雎》”章、“思無邪”章、“誦《詩》三百”以及“興觀群怨”“《周南》《召南》”等章，莫不言簡意該，義深詞潔，而《詩序》獨平衍淺弱，雖有精粹之言，亦多支蔓之語。絶與《論語》之言不類，豈得强屬之於孔子？至於各篇之序，失詩意者甚多，其文亦殊不類三代之文。况變風多在春秋之世，當時王室微弱，太史何嘗有至列國而採風者？《春秋》經傳概可見也。以爲太史所題，誣矣！嗟夫，《本草》《内經》世以爲神農、黄帝之所作矣。《六韜》世以爲太公之所作矣。《山海經》明明載西漢之郡縣而公然以爲出於禹、益。《月令》，明明載戰國之躔度而公然以爲作自周公。彼術數之徒、淺學之士，苟欲尊其所傳以欺當世，亦不足多怪，不料儒者而亦蹈是習也。

一，舊説以《詩序》“風，風也”以下至“《關雎》之義也”止，多通論全詩，因目之爲《大序》，爲子夏所作。及朱子作《傳》，從程子，以爲孔子所作，而以“樂得淑女”以下數言析“哀、樂、淫、傷”爲四事，且以傷爲“傷善”，大失《論語》之旨，遂割屬之《小序》，而斷自“詩者，志之所之”至“詩之至也”爲《大序》。余按：《詩序》自“《關雎》，后妃之德也”以下，句相承，字相接，豈得於中割取數百言而以爲别出一手！蓋《關雎》乃風詩之首，故論《關雎》而因及全《詩》，而章末復由全詩歸於二《南》，而仍結以《關雎》，章法井然，首尾完密，此固不容别分爲一篇也。至“《關雎》《麟趾》之化，繫之周公；《鵲巢》《騶虞》之德，繫之召公”，明明承上文“一國之事，繫一人之本”而言，故用“然則”字爲轉語，若於“詩之至也”畫斷，則此文上無所承，而“然則”云云者，於文義不可通矣。由是言之，《序》不但非孔子、子夏所作，而亦原無大小之分，皆後人自以意推度之耳。

一，舊説以逐篇序其義者爲《小序》，鄭氏樵以首句爲《大序》，下文所言爲《小序》，程氏、范氏則又以首句爲《小序》，下文所言爲《大序》，説皆與舊説異。《隋·經籍志》稱《序》爲子夏所創，毛公及衛敬仲更加潤益，説者因是遂以《序》之首句爲毛公所作，或以爲太史所題，而其下乃衛宏所續。余按：《序》之首句與下所言，相爲首尾，斷無止作一句之理。至所云“刺時”“刺亂”者，語意未畢，尤不可無下文，則其出於一人之手無疑也。况宏果續前人之《序》，蔚宗豈得歸功於宏而謂今所傳者爲宏作乎！然乃爲是説者，無他，皆由尊崇《序》説太過，惟恐言爲宏作，則人輕之而不深信，而無如《後漢書》明明有宏作《序》之文，故不得已而分屬之，以發端首句爲太史、毛公所作，而其下文乃歸之宏，以兩全之。嗟夫！古人已往，不能起九京以自明，一任後人欲屬之誰即屬之誰耳。此可爲長太息者也！

一，《齊詩》《魯詩》皆自漢初即著於世，魯固孔子所居，齊亦魯之毗鄰，蓋皆傳自七十子者。書出既早，則人見之者多，而傅會較難。且當漢初，朝廷尚未敦崇經術，則其説本於師傳者爲多。其後經學益重，諸家林立，務期相勝，傳其學者亦不能無傅會以逢時者，然大要爲近古。《韓詩》後起，已非齊、魯之比，《毛詩》之顯又在其後。書出既晚，則師弟子私相授受，雖多增其舊説，傅以己意，世亦無從辨之。况嬰，燕人；萇，趙人，亦不能逮齊、魯間聞見之真也。

一，三家之《詩》雖不傳，然見於漢人所引者尚多。如以《關雎》爲康王時詩，以《采薇》爲懿王時詩，以“騶虞”爲主鳥獸之官，班氏以“南仲”爲宣王時人，馬氏以《出車》爲宣王時事。玩其詞意，考其時勢，皆得之，則知齊、魯之《詩》，决有所傳，非憑空妄撰者。即《賓之初筵》以爲衛武公飲酒悔過之詩，《韓詩》云：“《賓之初筵》，衛武公飲酒悔過也。”亦未見其不如刺幽王之説也。《毛詩序》云：“《賓之初筵》，衛武公刺時也。幽王荒廢云云，武公既入而作是詩也。”《毛詩》之初亦必有所傳，故《柏舟》《淇澳》皆深得詩人之旨，但以其書晚出，其徒之附會者過多，雖無所傳者，亦必揣度而爲之説，或强取傳記以實之，而有所傳者亦必增飾其説，别出新意，以蘄勝於三家，是以其説乖謬特甚，不知漢、晉諸儒何以盡棄三家而獨取《毛詩》也？

一，《詩序》好强不知以爲知。孔子之修《春秋》也，特二百年前事耳，史册尚在，然已不能盡知，往往闕其所疑。三百篇之詩，經秦火以後，豈能一一悉其本末！故《史記》稱申公“教無傳疑，疑者則缺不傳”，是當楚漢之際，居於魯而得孔子之真傳者，已不能盡知也。今毛公乃趙人，作

《序》者在後漢之初，乃能篇篇皆悉其爲某公之時、某人之事，其將誰欺？然其失經意在此，其能使諸儒信之不疑者亦在此。何者？彼以爲教無傳疑者，必有所不知，此言之歷歷者，必其無所不知者也。余有族人子，聰穎而無學術。一日，有鄉人來以古事相質問，不知也，遂妄言之。鄉人既去，乃謂余曰："與鄉中愚人語，不可言不知，言不知，則彼將輕我。雖妄言之，彼庸知其非乎？彼見我言之鑿鑿，惟有心悦誠服耳。"嗟夫！申公《詩》不傳疑而先亡於西晉，《毛詩》逐篇皆序其由，垂二千年而莫敢議其失，乃知族人子之所見良是，無怪乎元明諸儒之多以朱子《詩序辨説》爲非也。

一，《詩序》好以詩爲刺時、刺其君者，無論其詞何如，務委曲而歸其故於所刺者。夫詩生於情，情生[①]於境，境有安危亨困之殊，情有喜怒哀樂之異，豈刺時、刺君之外，遂無可言之情乎！且即衰世亦何嘗無賢君賢士大夫，在堯舜之世亦有四凶，殷商之末尚有三仁，乃見有稱述頌美之語，必以爲"陳古刺今"，然則文、武、成、康以後，更無一人可免於刺者矣。况《邶風》之《雄雉》，《王風》之《君子于役》，皆其夫行役於外而其妻念之之詩，初未嘗有怨君之意，而以爲刺平王、宣公，抑何其鍛鍊也？尤無理者，鄭昭公忽雖非英主，亦無失道，而連篇累牘皆指以爲刺忽之詩，其所關於名教者豈淺哉！至宋朱子始駁其失，然自朱子以後，説者猶多曲爲《序》解，以議朱子之非，吾不知其爲何故也。

---

① 生，《畿輔叢書》本作"主"。

一,《詩序》好取《左傳》之事附會之。蓋三家之《詩》,其出也早,《左傳》尚未甚行,但本其師所傳爲説。《毛詩》之出也晚,《左傳》已行於世,故得以取而牽合之。然考《傳》所紀及《詩》所言,往往有毫不相涉者,“伐鄭之役,五日而還”,而强屬之“居處喪馬”之章,宋襄之立,衛在楚丘,而猶欲以“刀葦杭河”而渡,言“仲”則必爲祭仲,言“叔”則必爲共叔。亦有采而失其意者,以“寘周行”爲官人,斷章取義也,而誤以爲“閔使臣之勞”;以《碩人》篇證莊姜,證其美也,而誤以爲“閔無子”之意。蓋緣漢時風氣,最好附會。重黎也而以爲羲和,太皞也而以爲包羲,炎帝也而以爲神農,以彼爲此,比比皆然,不之怪也。《漢書·藝文志》云:“漢興,魯申公爲《詩》訓故,而齊轅固、燕韓生皆爲之傳,或取《春秋》,采雜説,咸非其本義。與不得已,魯最爲近之。”則是齊、韓諸家已采《左傳》之事以附會之,況於《毛詩》晚出,作《序》者在後漢之初,其取《傳》事以附會之,更不待言。漢末魏晉諸儒不加細核,輒以爲其説有據,遂篤信而不疑,是《詩序》之失在附會,而其所以能使人信者亦在於附會也。

一,鄭氏樵云:“毛公之時,《左氏傳》未出,《孟子》《國語》《儀禮》未甚行,而毛氏之説先與之合,不謂之源流子夏,可乎?”余按:《左氏春秋》在西漢時,但未立學官耳,張蒼、賈誼皆傳《左氏春秋》,不得謂之“未出”。況毛公之《詩》傳之貫長卿,長卿又從父貫公受《左氏春秋》,長卿父子既可以受《左氏春秋》,安見毛公遂不見《左氏春秋》也?

且又安知非長卿取《左傳》之事以附會於詩篇，而傳之日久，遂以爲出於毛公乎？至於《孟子》《儀禮》，亦非隱僻之書，人所不能見者，而《序》以《昊天有成命》爲郊祀天地，與《國語》之言正相左，《國語》謂稱成王之德。乃鄭氏反以爲先與之合，抑又誣矣。又按：鄭氏作《詩辨妄》，痛斥《序》說，乃不信《毛詩》者，不知何以其言如此？豈所傳異詞邪！抑其説有初年、晚年之别邪？惜乎余之學淺居僻，見書不多，未能一一細考之也。

一，《詩序》好拘泥於篇次之先後，篇在前者，不問其詞何如，必以爲盛世之音；篇在後者，亦不問其詞何如，必以爲衰世之音。不知詩篇傳流日久，豈能一一悉仍其原次。即如《國風》，《定之方中》在《載馳》之前，“我送舅氏”在《黄鳥》之後，其顯然可見者，安得篇次在前者皆以爲美，在後者皆以爲刺詩乎？如此説《詩》，古人之受誣者多矣。至若《周頌》、二《南》，尤非一世之詩，乃定以二《南》爲文王世，《周頌》爲周公詩，雖其文之明言爲“平王”“成王”者，亦必委曲而歸之於文、武，則是吾意所欲與者即與之，所欲奪者即奪之，在我而已，古人夫何能爲？謂白馬爲非白馬，豈但戰國横議之士能之乎哉！

一，以篇次論《詩》而不惟其詞，是特世俗勢利之見耳。京師鬻貨諸肆，皆以字號爲高下，其有改業及歸里者，則鬻其字號於人，多者至數百金，買貨者惟其字號不易則買之，其貨之良苦不問也。磁州産煙草，楊氏之肆最著名，余魏人皆往販其貨。偶貨不能給，則取他肆之貨，印以楊氏之字號而與之，販者不惜價，食者無異言也。夫以篇次論《詩》者，亦若是而已矣。余生平無他長，惟以文論文，就事論事，未嘗有人之見存焉。奈何説《詩》而但以篇次爲高下乎？吾不知世何爲而信之也！

通論二南

《周南》《召南》二十五篇，自鄭、孔以來，説《詩》者皆以爲在文王之世，朱子《集傳》因之。既皆以爲文王時詩，勢不得不以爲有正而無邪，於是《漢廣》之游女，《行露》之速訟，《摽梅》之迨吉，《野有死麕》之懷春，皆訓以爲文王德化所被，風俗之美。余反覆熟玩之，殊不其然。《關雎》《鵲巢》等篇，詞既醇粹，音復和平，謂爲文王時詩可也。然聖人德盛化深，没而民服其教，或至百年，本《大戴禮》稱黄帝語。況歷武王以及成、康，重熙累洽，久道化成，安在文王之世淳風美俗被絃歌者累累，至武、成、康之世而遂絶響哉？至《漢廣》《行露》以降，則顯然不類盛世之事者甚多。雖説者曲爲稱美，終不免於瑕瑜互見，謂其猶有先王之遺澤可也，遂以此爲文王之德之化，亦淺之乎論文王矣！且二十五篇中，文王、太姒與凡文王同時之人，未嘗一見，所見者獨《甘棠》之召伯、《何彼襛[①]矣》之平王，而此二人皆在武王以後，孔子曰："舉一隅不以三隅反，則不復也。"然則其餘特不見其名，無可考耳，其必皆在成、康以後無疑矣。大抵開國之初，俗多渾樸，人尚躬行，故作者少，而歷時浸

① 襛，原作"穠"，據《毛詩正義》改。餘徑改不出校。

久，則散軼者亦多。太平既久，風會日開，文章漸盛，故作者衆，而爲時尚近，則湮没者亦少。此乃時勢之常，百代所同，固不獨周爲然也。乃後之説者，於此二篇，必委曲遷就，矯揉經文，以求合於傳説，即有一二有識之士斷然以此二篇爲武王以後詩，而其餘仍以爲文王時詩。甚矣，先入之言之中於人心者深也！又按：齊、魯、韓《詩》説《關雎》者皆謂在康王之世，《書》曰："三人占，則從二人之言。"況魯者，孔子所居，其所傳爲近正，而史稱申公教無傳疑，疑者則闕不傳，必非無據而云然者。惟謂爲"陳古刺今"，則篇中初無此意，當是漢時其徒附會爲之，朱子非之，是也。成、康正當周道之隆，必世後仁，豈無君子？豈無淑女？而必以爲文王之世乃有之乎？《關雎》苟在康王之世，則《葛覃》以下亦必皆在康王以後矣。餘各見本篇中。

舊説：文王徙都于豐，分岐故地爲周公旦、召公奭之采邑，使周公爲政於國中，而召公宣布於諸侯。於是德化大成於内，而南方之國，江、沱、汝、漢之間，莫不從化。鄭、孔、朱《傳》略同。至武王、成王之世，乃采其詩，被之管絃，鄭《箋》以爲武王世，朱《傳》以爲成王世。即今《周南》《召南》是也。余按：《詩》《書》之文，周公、召公皆至武王之世始顯，至成王之世始分陝而治，於文王時初未嘗有所表見也。周公，文王子也。召公之年，當更少於周公。當文王時，懿親則有虢仲、虢叔，異姓大臣則有太顛、散宜生、閎夭、南宫括，雖太公之耆德元勳，且不列於五人之數，必無獨任周、召分治内外而反不任舊臣之理。況分故國之地，不以與諸弟、諸大臣而獨賜二公乎？《詩序》云："《關雎》《麟趾》之化，王者之風，故繫之周公；《鵲巢》《騶虞》之德，諸侯之風，故繫之召公。"今按：江、漢、汝墳皆非周地，何以獨爲王者之風？《殷其靁》稱"南山之下"，《何彼襛矣》詠"王姬之車"，明明周人所作，不應反目爲諸侯之風也。鄭氏蓋已覺其不合，故改其説云："得聖人之化者謂之《周南》，得賢人之化者謂之《召南》。"然《漢廣》《汝墳》之詩，初不在《鵲巢》《騶虞》之上，何所見此爲聖人之化而彼爲賢人之化乎？朱子蓋又覺其不合，故又改其説云："得之國中者，雜以南國之詩，而謂之《周南》；得之南國者，則直謂之《召南》。"然均之南國詩也，何所見《漢廣》《汝墳》二篇之當雜之國中？而《殷其靁》《何彼襛矣》，周人之詩，又何以反得之南國乎？此無他，皆由誤以二《南》爲文王時詩，苦於其説難通，故不得不展轉以曲爲之解耳。不知《周南》《召南》原不以内外分，而亦不在文王之世。蓋成王之世，周公與召公分治，各采風謡以入樂章，周公所采則謂之《周南》，召公所采則謂之《召南》耳。其後周公之子世爲周公，召公之子世爲召公，蓋亦各率舊職而采其風，是以昭、穆以後，下逮東遷之初，詩皆有之。由是言之，二《南》不但非文王時詩，而亦不盡係成、康時詩矣。

向來諸儒之所以務訓二《南》爲文王時詩者，皆由不解風、雅之分，但見東遷以後雅音斷絶，降爲《王風》，因誤以雅爲天子之詩，風爲侯國之詠，遂謂克商以前詩爲二《南》，克商以後詩爲二《雅》，東遷以後詩爲《王風》，故以二《南》爲必在文王之世耳。不知風、雅之分，分於詩體，不以天子與諸侯也。天子之畿，未嘗無風，諸侯之國，亦間有雅。故《豳》亦王國詩也，乃不爲雅而爲風；《賓筵》《抑戒》，衛武公之詩，而列於二《雅》。蓋由西周盛時，方尚大雅，故風與小雅皆不甚流傳。惟《周南·關雎》之三、《召南·鵲巢》之三，與《麟趾》《騶虞》及《鹿鳴》《魚麗》等篇，乃燕射時所歌，是以人皆習之而流傳於世。此外或有一二傳者，然亦僅矣。其後大雅漸衰，小雅始盛。小雅又衰，而風始著。是以盛世之音少，衰世之作多，非天子之畿其詩皆當爲雅而不得爲風與南也。且南者，乃詩之一體，《序》以爲“化自北而南”，亦非是。江、沱、汝、漢，皆在岐周之東，當云“自西而東”，豈得云“自北而南”乎？蓋其體本起於南方，北人效之，故名以“南”；若漢人效楚詞之體，亦名之爲“楚詞”者然。故《小雅》云：“以雅以南。”自武王之世，下逮東周，其詩而雅也則列之於《雅》，風也則列之於《風》，南也則列之於《南》，如是而已，不以天子諸侯分也。由是言之，二《南》固不必在文王世也。

朱子亦以二《南》爲文王時詩也又有故。蓋《儀禮·鄉飲》《燕》《射》等篇有歌《關雎》《葛覃》《卷耳》及《鵲巢》《采蘩》《采蘋》之文，而世儒相傳以《儀禮》爲周公所作，朱子信以爲然，故謂此詩當在周公前耳。孔子曰：“先進於禮樂，野人也；後進於禮樂，君子也。如用之，則吾從先進。”又曰：“禮，與其奢也，寧儉。”今《儀禮》之文繁甚，而聘食之禮，籩豆、牢米之數又奢甚，則其爲後進之禮而非周公之制明矣。襄王賜齊侯胙，命無下拜，齊侯下拜、登受，是春秋以前，君雖辭，臣未有升而成拜者也。至孔子時，始有升而成拜者，故孔子曰："拜下，禮也。今拜乎上，泰也。"今《儀禮》，君辭之後，遂升成拜，然則其書固在春秋後矣。春秋之末，家臣始有稱大夫爲公者，至戰國初，晉韓、趙、魏氏遂僭稱爲諸侯，而仍朝於晉君，魯之三家亦皆稱公。今燕射之禮，諸侯之臣有諸公，若非作於戰國之世，安有是稱？由是言之，《儀禮》必非周公所作明甚。且《邶》《豳》十二國皆非一時詩，二《南》豈必皆一時詩哉！《儀禮》所歌者，惟《關雎》《鵲巢》數篇耳，謂此數篇爲文王時詩，尚無大失也。因此數篇之故，而并《漢廣》《行露》《摽[①]梅》《野有死麕》等篇皆訓以爲文王之化，説有不可通，則委曲以爲之解，而詩人之意盡失矣。

甚矣，特識之難也！世之論者，惟其名而已矣。今夫《風雨》之"云胡不喜"，何異於《菁莪》《隰桑》之文，即《木瓜》之"永以爲好"，未必非"溯游""縶維"之意，而《傳》以爲淫奔，無他，爲其在《鄭》《衛》也。《摽梅》之感時，《野有死麕》之懷春，明明非端人貞女之所爲，而自毛、鄭以來，皆訓以爲文王之化、風俗之美，無他，爲其在二《南》也。《四牡》之行役，《出車》《采薇》之伐戎，何異於《六月》《采芑》之詩？乃在《菁莪》以後，則以爲其人所自作；在《魚麗》以前，則以爲君上代叙其勞苦憂傷之情以勞之者。詞同説異，

① 摽，原作"標"，《畿輔叢書》本同，形近而訛，據《毛詩正義》改。餘徑改不出校。

何以稱焉？今試取《六月》《采芑》而以勞詩釋之，何處見其不可者？然則是論《詩》者不惟其詩而惟其正變也。嗟夫！天下事之不求其實而但徇其名者，豈可勝道哉！有生員以試五等，降青衣，每歲試，提學者以其青也，輒置之四等。一日入試，自改試卷上青爲增，遂得二等。則是試之優劣在增與青，不在文也。然此猶在場屋也。茅坤以知文名，於舉業最重唐荆川順之。或取徐渭作，僞稱順之以示坤，坤即書其尾云："非荆川不能爲此文。"既而知爲渭作，乃取覆觀而更書云："固是傑搆，惜後半稍弱耳。"然則以人論文，雖名士亦爲之矣。然此猶論舉業也。漢董仲舒疏論災異，武帝下群臣議，仲舒弟子吕步舒不知其師書，以爲大愚，由是下仲舒吏。然則漢儒之所尊信與所詆諆，但視其爲師所爲與非師所爲，初亦未嘗有真是真非矣。然此猶論當時之書也。不意名儒之釋六經，亦復如是。然後知徇名定論乃世之通情，無古今，無智愚賢不肖，皆若是而已矣。士之處貧賤而文不見重於世，復何怪焉？今世之士，每稱人之諛富貴而毁貧賤者爲勢利，然勢利之情，豈獨在富貴貧賤間哉？苟不察其實而但以名輕重之，與世俗雖有清濁之分，而其爲勢利則一也。余嘗與諸同學論及場屋，皆以場屋爲無憑也。廣平栗太初元曰："場屋雖無憑，然尚微有憑。若我與君之文，猶可望萬一。若居平出以示人，誰其稱之？"然則糊名易書，亦有不可廢者矣。今欲讀《詩》，必取三百篇之次紊亂之，了無成見，然後可以得詩人之旨。故余之論《詩》，惟其詩，不惟其正與變。嗟夫！嗟夫！此固未易爲人道也。

周南十有一篇

《周南》十有一篇，《關雎》三篇立夫婦之準，《樛木》兩篇通上下之情，所謂“家齊而後國治”“上下交而其志同”者也。非盛治之世，烏能若是！是以取之以冠全詩。舊説以此五篇皆爲太姒之德，然玩其詞意，未見其必爲太姒者。毛《傳》、鄭《箋》亦但言爲后妃，并未指爲何王之后。在文王、太姒之德，固應如是。即文王、太姒之化，亦當如是。正不必定屬之太姒也。所謂“君子”云者，乃諸侯、大夫之通稱，而葛覃之刈，卷耳之采，皆不似諸侯夫人事。且《關雎》取興於河洲、荇菜，亦似臨河近水之國，岐陽少水多山，距河絶遠，風土殊不相類，恐未可直以爲太姒也。朱子蓋亦覺其不合，故訓“河”云“北方流水之通名”。然此乃近時之俚俗然耳，三代以上不如是也。故今人稱河必加“黄”以别之，經傳之文則但稱河，於他水亦皆稱爲某水，恐不容藉此爲説《詩》者解也。《桃夭》以下五篇，舊説亦以爲文王、太姒之化。然玩其詞意，《桃夭》，祝婦宜家，淳風未改，爲盛世之詩無疑。《兔罝》，賢才在野，已由盛之衰矣。至“南有喬木”見游女而思求，“遵彼汝墳”憂王室之如燬，顯然衰世之音。然發乎情而能止乎義，嗟其勞而復幸其邇，先王之遺澤尚存也，是以聖人猶有取焉。由是言之，《周南》固非一世之詩，概訓以爲文王之化，失之遠矣。惟《麟趾》篇詠公族之美，與《關雎》諸篇皆當爲盛世之詩，乃反列於《汝墳》後者，蓋因其詩别爲一體，且取其與《關雎》相爲首尾之意也。説並見各篇中。

關雎

此篇毛、鄭以爲后妃之德，欲求淑女與其職事。然首章明言淑女爲君子之好逑，若以妾媵當之，則稱名不正，不可以爲訓。朱子以爲欲求淑女以配君子而成内治，其説當矣。但以“寤寐求之”“琴瑟友之”者爲宫人，則語意尚未合。細玩此篇，乃君子自求良配而他人代寫其哀樂之情耳。蓋先儒誤以夫婦之情爲私，是以曲爲之解。不知情之所發，五倫爲最。五倫始於夫婦，故十五國風中男女夫婦之言尤多。其好德者則爲貞，好色者則爲淫耳，非夫婦之情即爲淫也。魏文侯曰：“家貧則思良妻，國亂則思良相。”上承宗廟，下啟子孫，如之何其可以苟？如之何其可不慎重以求之也？知好色之非義，遂以夫婦之情爲諱，并德亦不敢好，過矣。《關雎》，三百篇之首，故先取一好德思賢、篤於伉儷者冠之，以爲天下後世夫婦用情者之準，不可謂夫之於婦不當爲之憂爲之樂也。若夫婦不當爲之憂樂，則五倫中亦不當有夫婦矣。

“窈窕淑女”，淑，賢也，善也。窈窕，洞穴之深曲者，故字從穴，後世誤以爲美麗之稱。喻其深居幽邃而不輕得見也。不好色而好德，故無一言及於容色服飾之美。婦當從人，女貴自重，故以深居幽邃、貞静自守爲賢。夫婦之道，不可苟焉而已，故曰“寤寐求之”。常女易得，賢女難求，深居幽邃之女尤不易知，故有“求之不得，輾轉反側”之思。惟其求之也難，則其得之也喜，故有琴瑟之友、鐘鼓之樂，所謂“陰陽和則萬物生，夫婦和則家道成”者也。其取興於雎鳩者,《傳》謂“摯而有别”是已。其取興於荇菜者，菜在水中，潔而難取，潔以喻女之貞，難取以喻女之難求。蓋夫婦之道，男先乎女，此下兩篇皆言婦德，故冠之以此篇，明女子之所以能盡婦職者，由於其夫之貴德求賢故也。毛、鄭但以爲后妃之德，失其旨矣。

《關雎》一篇，言夫婦也，即移之於用人，亦無不可。何者？夫之欲得賢女爲婦，君之欲得賢士爲臣，一也。果賢女與，必深居簡出而不自炫耀；果賢士與，必安貧守分而不事干謁。非“寤寐求之”，不能得也。是以古之聖帝明王，咨於岳，稽於衆，或三聘於莘野，或三顧於草廬，與《關雎》之“輾轉反側”何以異焉？然及其既得，則志同道合，恭已無爲，而庶績咸熙，所謂“琴瑟友之”“鐘鼓樂之”者也。故曰“勞於求賢，逸於得人”，豈不信與？三百篇皆可作是觀，故《采蘩》一詩言祭祀也，而《傳》引之以美秦穆舉人之周，惜乎後人之多爲《序》説所拘也。

葛覃

此篇據毛、鄭説，以爲后妃在父母家女功之事，“言告言歸”謂將嫁，“污私”“澣衣”謂師氏告以適人之道，既於文義牽强，而與下“歸寧父母”之文亦相悖。且謂葛施喻形體之長大，葉萋喻容色之美盛，其義尤爲不倫。朱《傳》以爲絺綌既成，告師氏，使告於君子以將歸寧之意，獨爲深得詩人之旨。至所稱“貴而能勤，富而能儉，已長而敬不弛於師傅，已嫁而孝不衰於父母”，語尤精切，可謂善於説《詩》者矣。然尚似有未盡焉者，何者？《詩》之爲體，多重末章而前特爲原起。此篇本爲歸寧而作，然不遽言歸寧，先言葛葉之生、時鳥之變，感物思親，此其時矣。然而絺綌未就，婦功未成，不敢歸也。待葛既盛，製爲衣服，婦功成矣，夫家之事畢矣，可以歸矣。而仍不遽歸也，乃藉師氏以請於夫，而云“害澣害否”，猶爲不敢必之詞焉，其敬事而不敢顧其私、尊夫而不敢擅自主爲何如哉？歸寧父母，孝也，人子之至情也，猶不敢專如此，況其他乎！若夫朱子所言，固爲美德，然富貴而勤儉，尚未足爲大節，而歸寧父母亦女子之常。惟是女子以夫爲天，義不當顧其私，而後世婦人以恩勝義者多，以義裁恩者少。至於等夷視夫，尤近時之敝俗，是以《關雎》既得淑女，即次之以此篇，此乃婦德之第一義也。

三代以上，婦人罕有自專者，罕有敢自顧其私者，雖至其子之世猶然。文嬴，君母也，其請三帥也，詞甚婉，先軫斥之而不怒也。成風，僖公所生母也，其請恤須句也，詞甚正，不敢以其私親煩國人也。其不然者，惟晉悼夫人一人耳。然司馬侯歸田不盡，亦無如之何。城杞之役，諸侯譏之，不謂平公之善承親志也。蓋緣先王以此等詩爲教，耳濡目染，是以其時婦人習爲當然，即有一二欲易之者，而男子亦共以爲非，勢不能行，教之入人深矣。後世婦人愛其母家率甚於其夫家，當其夫時，且多專行而不顧者，况其子之世乎？豈非教廢於上則俗變於下哉？此二《南》所以爲王化之基。惜乎！先儒之論皆未及乎此也。故余略其小者弗論，而取其大有關於名教者論之。

卷耳

此篇據毛、鄭説以爲求賢審官，“寘周行”爲寘賢人於列位，“馬虺隤”爲閔使臣之勸勞。然以夫人而“我”其臣，言太親狎，非别男女、遠嫌疑之道。况牝雞之晨，維家之索，人君之職而夫人侵之如是，豈可爲訓哉！官人之説，雖本之《春秋傳》，然古人引詩多斷章取義，不可執也。《傳》美秦穆之用孟明而云“于以采蘩，于沼于沚”，豈《采蘩》一詩即爲舉人之周者言之乎！朱子以爲婦人念其君子者，得之，但以“我”爲自我其身，則登高飲酒殊非婦德幽貞之道，即以爲託言，而語亦不雅。竊謂此六“我”字，仍當指行人而言，但非“我”其臣，乃“我”其夫耳。“我”其臣則不可，“我”其夫則可，尊之也，親之也。《春秋》經傳於本國皆“我”之，“齊師伐我”“我張吾三軍而被吾甲兵”是也。“寘彼周行”，即指所懷之人，猶《大東》之言“佻佻公子，行彼周行”也。“陟彼崔嵬，我馬虺隤”，念道途之險阻，行役之艱難也。“我姑酌彼金罍，惟以不永懷”，愛之至，故欲其自寬，而不忍以燕好之情損其身也。如是，則於文爲順，而於義亦爲長。無錦衾角枕之思，而但有夙夜風霜之慮，是其情發乎正而不流於昵，可以爲訓於後世矣。是故二《南》之首以《關雎》者，男先乎女之義也；次以《葛覃》，婦敬夫也；又次以《卷耳》，婦愛夫也。愛易而敬難，故先敬而後愛，能如是之敬愛其夫，夫之所以寤寐求而琴瑟友也。《易傳》所謂“夫夫婦婦而家道正，正家而天下定”者，此也。故古人以此爲燕射房中之樂，而不爲二《南》如正墻面也。然要之，均不似后妃事也。

樛木　螽斯

《序》及朱《傳》皆以《樛木》爲后妃能逮下而無嫉妒之心，《螽斯》爲后妃不妬忌而子孫衆多。余按：《螽斯》之旨當如《序》《傳》所云；若《樛木》，則未有以見其必爲女子而非男子也。玩其詞意，頗與《南有嘉魚》《南山有臺》之詩相類，或爲群臣頌禱其君，亦未可知。要之，此二詩者，皆上惠恤其下而下愛敬其上之詩。文王、太姒之德固當如是，即被文王、太姒之化及沐其遺澤者，亦當有之。“聞伯夷之風者，頑夫廉，懦夫有立志；聞柳下惠之風者，鄙夫寬，薄夫敦[①]”，況周三分有二，文王、太姒之化如風行草偃者哉！故讀此詩者，觀其上下一體，誠意相孚，恍然猶見盛世之風，熙皞之象，於以知文王、太姒之化之神且遠，正不必定屬之文王、太姒而後見其美也。朱子辨《柏舟》篇《序》云：“文意事類可以思而得，時世名氏不可以强而推。”至哉斯言！

① “鄙夫”兩句：《孟子・盡心下》原作“薄夫敦，鄙夫寬”。

可謂善於讀《詩》者矣。獨於《關雎》以下五篇而必屬之文王、太姒者，何哉？余從朱子之意，是以不敢盡從朱子之言。説並見前篇首《周南》條下。

桃夭

此篇語意平平無奇，然細思之，殊覺古初風俗之美。何者？婚娶之事，流俗之所豔稱。爲婿黨者，多以婦之族姓顔色爲貴而誇示之，《碩人》之詩是也。爲婦黨者，多以婿之富盛安樂爲美而矜言之，《韓奕》之詩是也。俗情類然，蓋雖賢者有不免焉。今此詩都無所道，衹欲其宜家室、宜家人，其意以爲婦能順於夫，孝於舅姑，和於娣姒，即爲至貴至美，此外都可不論，是以無一言及於紛華靡麗者，非風俗之美，安能如是？第謂其婚姻以時，猶恐未盡此詩之旨也。

兔罝

此篇據《春秋傳》郤至之言，以"公侯干城"爲盛世事，"公侯腹心"爲衰世事。《序》及朱《傳》則皆以爲化行俗美，賢才衆多，故詩人美之。余玩其詞，似有惋惜之意，殊不類盛世之音。何者？世之盛也，公侯皆汲汲以求賢，卿大夫咸搜剔巖穴以充百職事，朝既不聞倖位，野安得有遺才？太平日久，上下恬熙，始不復以進賢爲事，是以世胄常躡高位，而寒畯苦無進身之階。文士或間一遇時，而武夫尤難以逢世，以故詩人惜之曰：此林中之施兔罝者，其才皆公侯之干城、公侯之腹心也。惋惜之情，顯然言外。不然，既足爲干城、爲腹心矣，何以爲公侯者猶聽其託跡於中林，寄情於兔罝哉？以一篇兩屬之固非是，即以爲俗美賢多，亦恐未合詩人之語氣也。

《兔罝》一篇乃由盛而之衰之詩。蓋盛則賢才聚於廊廟，干城、腹心之材不棄於中逵、中林之地；衰則風俗日偷，人材漸少，中逵、中林之地亦罕有干城、腹心之材。惟盛之後衰之初，卿大夫世禄者多不必皆有才能，而在下之美俗淳風尚未大變，是以畎畝之間往往有奇才可寄爪牙者。於斯時而無人爲振作之，久之而風俗遂日敝，《關雎》《桃夭》之化遂變而爲"喬木""游女"之風，君子於此可以觀世變焉。故孔子曰："《詩》可以觀。"又曰："誦《詩》三百，授之以政，不達，亦奚以爲？"豈不信哉！豈不信哉！

芣苢

此篇《序》云："后妃之美也。和平則婦人樂有子矣。"《傳》云："芣苢，馬舄。馬舄，車前也，宜懷妊焉。"余按：藥之治難産者甚多，不必其車前也。自漢以來，婦人無不樂有子者，亦不必其文王時也。朱子以爲"化行俗美，家室和平，婦人無事，相與采此芣苢"，於理爲近。然婦人挑菜，乃田間常事，豈必化行俗美而後然哉！余謂此詩詞意必有所謂，後世失其旨耳。昔唐武氏生四子，已殺其長子宏，復欲殺其次子賢，賢作《黄臺瓜詞》曰："種瓜黄臺下，瓜熟子離離。一摘使瓜好；再摘使瓜稀；三摘猶自可；四摘抱蔓歸。"其後肅宗信讒，殺其子倓，代宗時爲太子，憂危之甚，李泌乃爲帝誦此詞，由是代宗得以不廢。豈非其詩之足以感人哉！然若不知其旨，則亦淡而無味。瓜好瓜稀，何殊里巷之俗談耶？《芣苢》之詩與此正同，既莫知其事跡，故不得其解耳。然反復諷誦之，觸於事勢，亦有足興感者，斷章取義，亦足以資語言，正不必曲爲之説也。

漢廣

此篇《序》云："文王之道被於南國，美化行乎江漢之域，無思犯禮，求而不可得也。"朱《傳》亦云："文王之化，自近而遠，先及於江漢之間，而有以變其淫亂之俗。故其出游之女，人望見之，而知其端莊静一，非復前日之可求矣。"余按：女子處於閨中，正也。不得已而出，"饁彼南畝"，可也，"遵彼微行，爰求柔桑"，可也。女而游，其俗固已敝矣。男子見之，賤之，可也，置不爲意，可也。從而愛之慕之，則俗之敝爲尤甚。以是爲端莊静一，彼不游者又何以名之？以是爲聖人之化，豈聖人之化但能使之不可求而不能使之不游，不能使之不愛慕乎？蓋此詩乃周衰時作，雖不能閑於禮而尚未敢大潰其防，猶有先王之遺澤焉。以爲文王之世，失之遠矣。江去周都千數百里，漢亦將及千里，謂"由近而遠，先及於江漢之間"，亦誤。

汝墳

此篇《序》云："文王之化行乎汝墳之國，婦人能閔其君子，猶勉之以正也。"朱《傳》云："汝墳之人以文王之命供紂之役，其家人見其勤苦而勞之。王室，指紂所都也。父母，指文王也。”余按：伐枚、伐肄，皆非婦人之事，而“惄如調飢，不我遐棄”之語，亦不類妻之施於夫者。《車鄰》之見“君子”，《傳》以爲君矣；《菁莪》之見“君子”，《傳》以爲賓客矣，何所見此見君子之必爲其夫而非他人者？況久别重逢，方深忻慰，易妻薄俗，寧至關懷，亦不應以不遐棄爲幸也。《湯誓》曰：“夏罪其如台，夏王率遏衆力，率割夏邑。”《牧誓》曰：“俾暴虐於百姓，以姦宄於商邑。”則是桀、紂之暴，原不行於畿外，詩人何必代爲之憂？而汝之距豐，千有餘里，亦無緣謂之“孔邇”也。且前兩章方言其夫，末章忽置其夫不言而言文王與紂，前後語意，毫不相貫，古人寧有此文法乎？細玩此詩詞意，與《序》《傳》所言了不相似，竊意此乃東遷後詩。“王室如燬”即指驪山亂亡之事，“父母孔邇”即承上章“君子”而言。汝水之源在周東都畿内，蓋畿内之大夫有惠於其民者，其民愛而慕之，以其仕於王朝，故未得見。周室既東，大夫避亂而歸其邑，而後民得見之，故傷王室之如燬而轉幸父母之孔邇也。如此似於文義較順，而章法亦相貫，姑識其説如右。

麟之趾[①]

《麟趾》一篇，《序》説略得大意，而以“公子”屬之衰世，則非是。此篇極言仁厚之德浹於子姓，非極盛之世不

① 麟之趾，原作“麟趾”，據《毛詩正義》改。

能，安得反謂之衰！其所云“無犯非禮”者，語亦殊淺。惟朱《傳》稱“麟性仁厚，故其趾亦仁厚”，其言深得詩人之旨。但未必在文王時耳。此詩措語不多而贊美之意溢於言表，略與《召南·騶虞》相類，而章末皆以“吁嗟”結之，有一唱三歎之音，在詩中别爲一體，故皆附於二《南》之後，亦取其與《關雎》《鵲巢》相爲首尾之意。彼王化之基，此王道之成，所謂“金聲而玉振之”也。

讀風偶識卷之二

召南十有四篇

召南十有四篇，舊説皆以爲文王之世，南國之詩。今以經傳考之，《鵲巢》三篇皆燕射時所歌，當爲成周盛時所作。《甘棠》乃周人之思召公者，召公没於康王之世，則此詩作於康、昭之際明甚。《何彼襛矣》篇中稱“平王之孫”，則爲東遷以後詩無疑也。以詞意觀之，《鵲巢》三篇乃治内齊家之事，頗類《周南·關雎》之三；《行露》獄訟失宜，朝政初衰，亦似在《周南·兔罝》之日。《摽梅》之迨吉，《野有死麕》之懷春，與“南有喬木”之游女事相類也；《何彼襛矣》之稱平王，與《汝墳》之憂如燬，時相近也，然則其詩先後固不一時，不得皆以爲在文王世也。至謂爲南國之詩，惟《江有汜[1]》一篇有明文耳。若《殷其靁》《何彼襛矣》乃王畿人所作，其餘諸篇皆無明文，亦難懸定。然則非但不皆在文王世，而亦非盡南國詩矣。惟《騶虞》乃射時所歌，與《鵲巢》等篇同，而反列於後者，猶《周南》之後而殿以《麟趾》也。

① 汜，原作“氾”，據《毛詩正義》改。餘徑改不出校。

説並見各篇中。

鵲巢　采蘩　采蘋

《鵲巢》何以居《召南》之首也？所以教女子使不自私也。巢，鵲之巢，而鳩居之，言此國此家皆夫之所有，非己所得私也。大凡女子之情，多私夫所有爲己物，不體其夫之心，而惟己情是徇，故有視其前子、庶子遠不如己子者，有疏其夫之兄弟而親己之兄弟者。不知此家乃夫之家，此國乃夫之國，當視夫之親疏以爲厚薄。鳩但居鵲之巢而已，不得遂以爲鳩巢也。必如是，然後可以配其夫。是以于歸之日，“百兩御之”，待之隆者，責之重也。“方之”者何？量度之也。“盈之”者何？生聚之也。鵲有巢而鳩居之，非但享其成業而已，亦必將有内助之功，然後可以無愧於婦職耳。大抵《召南》前三篇與《周南》前三篇略相類，其首二篇皆言初婚，次四篇皆言女子之事。惟其所居乃鵲之巢，是以采蘋蘩奉宗廟而不敢少怠也。故以此六篇冠於二《南》之首，以明國之當本於家。而以《關雎》《鵲巢》兩篇冠於《葛覃》《采蘩》諸篇之首，以明婦之當統於夫。古人於此，蓋有深意存焉。《序》第以爲后妃、夫人之德，失之遠矣。

《采蘩》《采蘋》何以次於《鵲巢》後也？所以教女子使重宗廟也。人所以娶妻者，非徒共其安樂也，必將有所重責之也。婦所以事夫者，非徒飾其儀容也，必將有以重報之也。重蓋莫重於宗廟矣，故舉祭祀而言之也。且夫人君媵妾多矣，即士大夫亦不乏人，何以獨於妻殊之而與爲敵體？誠以同奉宗廟之故，故重之也。然則爲女子者，必與夫爲一體，體夫之心，以事夫之宗廟而保之無或失，乃足以答夫之重禮，故以祭祀之事諄諄言之。其所以警戒女子者深矣！又按：《采蘋》一篇，《齊詩》在《草蟲》前，今《毛詩》則在《草蟲》後，據《禮・燕》《射》篇文“笙入，立於縣中，北面，乃合樂《周南・關雎》《葛覃》《卷耳》,《召南・鵲巢》《采蘩》《采蘋》”，則是《采蘋》當與《鵲巢》《采蘩》相屬，不當反在《草蟲》之後，《齊詩》之次是也，《毛詩》誤矣。

祭祀之事多矣，“爲俎孔碩”“爲豆孔庶”，何爲斤斤於蘋、蘩之微物也？曰：此古人貴誠之意也。《春秋傳》云：“《風》有《采蘩》《采蘋》,《雅》有《行葦》《泂酌》，昭忠信也。”蓋有誠敬之心，凡事致其精潔，則雖沼澗之中蘋蘩之菜，皆可以奉宗廟，不在於備物也。抑《傳》又有之，秦穆公用孟明而修國政以霸西戎，則引《采蘩》之首章以美其舉人之周、與人之壹，然則是義也亦可通於用人。何者？沼與沚非難至之地也，蘋與蘩非難得之物也，采之用之，即可以共公侯之事。是知天下未嘗無才，人主苟能求之，則隨地皆可以得人，所謂“舉人之周”者，此也。苟能任之，則隨事皆可以奏效，所謂“與人之壹”者，此也。信乎，古人之善於説《詩》，觸類可以旁通，而非後世爲章句訓詁者之所能及也。

《周南》《召南》何爲皆先言婦人之事也？曰：此先王慮天下之遠也。蓋天下之平必由於國治，國之治必由於家齊，故太任思齊、太姒嗣音而周以興，牝鷄司晨而商以亡，褒姒寵、申后廢而周亦以東遷，毋以婦人爲輕，婦人之所關於興亡者正不小也。故二《南》之始即教之以此，所以正其本而柔其心，使不至於敗國而亡家也。後世不達此意，惟務徇婦人之情，而婦人亦惟欲徇己之志。是以西漢有吕氏之禍、王氏之簒，東漢尤以母后專政爲常，其所親則貴寵之，非其所親則疏遠之，若天下爲己之故物者，而不復顧宗廟之隕，豈非此義之不明哉！馴至唐之武、韋而禍益烈，蔑以加矣。孔子曰："人而不爲《周南》《召南》，其猶正牆面而立也與？"信乎，其如正牆面也！

草蟲

《草蟲》，《序》云："大夫妻能以禮自防也。"《箋》云："未見君子，謂在塗時也；既見，謂同牢而食也。"余按：女，待人而行者也，女子之嫁亦有不得已焉，故曰"女心傷悲，殆及公子同歸"，又曰"女子有行，遠父母兄弟"。今以未得同牢爲憂，已得同牢爲喜，無恥甚矣！安在其能以禮自防乎？且既問名、納采，聘之爲妻矣，寧有不與同牢之理，而煩女子之過慮乎？朱《傳》以爲"大夫行役在外，其妻獨居，感時物之變而思其君子"，説爲近是，但玩其詞意，未見其當爲大夫之妻，亦未見其必爲妻之思夫也。《小雅》與諸《國風》稱見君子者多矣，皆不訓爲思其夫，《車鄰》《風雨》《菁莪》《隰桑》《蓼蕭》。何獨《汝墳》《草蟲》在二《南》中即爲思夫詩乎？既不可知其人，無寧缺之，不必强以命之，致失詩人之本意也。

甘棠

《甘棠》,《序》以爲“美召伯”，朱《傳》以爲“後人思其德，愛其樹而不忍傷”。按《春秋傳》云:“武子之德在民，如周人之思召公焉，愛其甘棠，况其子乎！”則是此詩乃召公既没之後，百姓思慕而作焉者，朱《傳》之説是也。至《箋》稱“召伯聽男女之訟，不重煩勞百姓，止舍小棠之下而聽斷焉”，亦非是。甘棠之陰，能庇幾人，而於此聽斷乎？朱《傳》以爲“或舍甘棠之下”，得之。《箋》又稱“召公爲二伯，故言伯”，亦誤。宣王時，穆公亦稱“召伯”,《詩》有“家伯”,《春秋》有“單伯”，豈必爲二伯然後稱伯乎！又按：召公没於康王之世，則此詩作於康、昭之際明甚。自此以下八篇蓋皆昭王以後之詩，是以其事則瑕瑜互見，其詞意亦與前五篇不類，然則獨前四篇爲康王以前詩也。

行露　羔羊

《行露》,《序》云:“召伯聽訟也，强暴之男不能侵凌貞女也。”劉向《列女傳》謂:“申女許嫁於酆，夫家禮不備而欲迎之，女不可而夫家訟之，故女作此詩。”朱子《集傳》全用《序》説，而釋“室家不足”之文，則又兼采劉義。余按：召公從武王定天下，相成、康致太平，其精明果斷，必有大過人者。强暴之男將畏罪之不暇，安敢反來訟人？即訟矣，召公亦必痛懲之而不爲之理，安有反將貞女致之獄中者哉！且所謂“禮未備”者，儀乎？財乎？儀邪，男子何惜此區區之勞而必興訟？訟之勞不更甚於儀乎？財邪，女子何争此區區之賄而甘入獄？婚娶而論財，又何取焉？揆之情理，皆不宜有。細詳詩意，但爲以勢迫之不從，而因致造謗興訟耳，不必定爲女子之詩，如《序》《傳》云云也。且此篇在《甘棠》之後，召伯既没，《甘棠》乃作，則此必非文王時詩明矣。

《羔羊》，《序》云："召南之國化文王之政，在位皆節儉正直，德如羔羊也。"余按：羔裘，大夫常服；退食，大夫常事，初不見有所謂"節儉正直"者。鄭《箋》訓"退食"爲減膳，訓"自公"謂從公，以爲"節儉正直"之證。然獻可替否乃爲正直，從君豈得謂之正直！"退食"之下係以"自公"，狀以"委蛇"，明謂退自公朝，豈得以退爲減！朱《傳》以爲"退朝而食於家，從公門而出"，其訓當矣。然既不用鄭氏之解，何以仍襲"節儉正直"之説？節儉正直，究於何見之乎？惟朱《傳》所謂"從容自得"者，於理爲近。然則此篇特言國家無事，大臣得以優游暇豫，無"王事靡盬""政事遺我"之憂耳。初無美其"節儉正直"之意，不得遂以爲文王之化也。

蓋此二篇皆周道漸衰，穆王以後所作，故皆次於《甘棠》之後。無故而速訟獄，百姓固已不得其平矣。爲大夫者，夙興夜寐，扶弱抑强，猶恐有覆盆之未照，乃皆退食委蛇，優游自適，若無所事事者，百姓將何望焉？文王之民可謂安矣，然猶"視民如傷"，"自朝至於日中昃，不遑暇食"，大夫安得自暇逸乎？合觀二詩，明係太平日久，諸事廢弛之象，正如《金史》所云"宰相皆緩語低聲，以爲養相度，以致萬事不理"然者，豈得以爲文王至治之時詩乎！且余嘗見今之爲州縣者矣，或早起晏眠，勤於職業，則百姓皆得自安於畎畝；若從容暇豫而不事事，則吏胥作奸，强凌弱，衆暴寡，四境之内，莫不嗟怨。故孔子曰："誦《詩》三百，授之以政，不達；使於四方，不能專對，雖多，亦奚以爲？"正此謂也。自以此爲文王之化，於是百姓之獄訟日繁，大臣之優游養望皆視以爲固然，政與《詩》判然而不相入矣。

殷其靁

此篇《序》以爲"大夫遠行，其室家勸以義"，今玩其詞意，但有思夫之情，絶不見所謂"勸義"者何在。《箋》謂"歸哉歸哉，勸以爲臣之義，未得歸也"，詩明明望其歸，而《箋》反謂勸以不歸，與經正相悖戾。朱子但謂思念其夫，無勸以義之意，是也。然雖思念而無感傷之情、怨尤之語，則是婦人猶知大義，不至以私害公，即此見先王之遺澤未遠，正與《周南・桃夭》之詩相類。雖平平無奇，而非後世所能及也。然則作詩之時，上距成、康之世猶未甚遠也。

摽有梅[①]　野有死麕

《摽梅》，《序》以爲"被文王之化，男女得以及時"，朱《傳》從之，謂"女子貞信自守，懼其嫁不及時，而有强暴之辱也"。《野有死麕》，《序》以爲"天下大亂，强暴相陵，

① 摽有梅，原作"摽梅"，據《毛詩正義》改。

被文王之化，雖當亂世，猶惡無禮”，朱《傳》從之，謂“女子貞潔自守，詩人因所見而美之也”。余按：男先乎女，正也，以女求男，無恥甚矣！況不俟備禮而欲以一言定約，貞者固如是乎？女子之職，女紅而已，懷春則心固已蕩矣；以男誘女，不良莫甚焉，何以尚稱爲“吉士”乎？文王治化旁敷，計必先被於男子而後及於女子，今如《序》《傳》所言，《行露》《摽梅》《野有死麕》三詩，男無不强暴者，女無不貞潔者，何聖人之化感女易而感男難乎？蓋此二詩原不作於文王之世，其詩意亦必不如《序》《傳》之所云者。大抵古人觸目而會心，借物以言情，所言者此而其意不必果在此，要在讀者善會之耳。孔子曰：“譬如爲山，未成一簣，止，吾止也。”“譬如平地，雖覆一簣，進，吾往也。”此豈爲爲山者言之乎！然猶云譬也。孔子曰：“歲寒，然後知松柏之後彫也。”則但言松柏矣，聖人豈果爲松柏賦乎！況詩之爲體，尤多假事以喻其意，但取其理之足以相明，情之足以相感，而不得盡執所言者以爲實。是以《春秋傳》晉執衛侯，鄭伯爲衛侯故如晉，子展賦《將仲子兮》，晉侯乃許歸衛侯。晉韓起聘于鄭，鄭六卿餞之於郊，子大叔賦《褰裳》，韓起曰：“起在此，敢勤子至於他人乎！”鄭伯享晉趙孟，子皮賦《野有死麕》之卒章，趙孟賦《常棣》，且曰：“吾兄弟比以安，尨也可使無吠。”若如《序》《傳》所釋，則三子之取義爲不倫矣。然則此二篇者，當時必有所指，但世遠書軼，不可考其爲何事耳。讀者且宜從容涵詠，以玩其文理意趣，不必定以强暴公行爲文王之化也。

小星　江有汜

《小星》，《序》云：“惠及下也，夫人無妬忌之行，惠及賤妾，進御於君，知其命有貴賤，能盡其心矣。”《江有汜》，《序》云：“美媵也，勤而無怨，嫡能悔過也。文王之時，江沱之間，有嫡不以其媵備數，媵遇勞而無怨，嫡亦自悔也。”朱子《集傳》亦用其説。余按：世之盛也，上惠恤其下，下敬事其上，議於德而循於禮，服於善而感於恩，何至諉於命之不同？至於以命自解，則在上者惠固無以逮下，而在下者亦未嘗心悦誠服矣。即《江有汜》之“後也悔”亦似望其悔者，未必其真悔也。細玩二詩詞意，皆在上者不能惠恤其下，而在下者能以義命自安之詩。或果媵妾之所自作，或士不遇時者託之媵妾以喻其意，均不可知。要之皆足以見先王之化入人之深，上雖不能厚施於下，而下猶不敢致怨於上，安於命而望其改，依然忠厚之遺也。故此二篇當與《周南》之《樛木》《螽斯》參看。讀《樛木》《螽斯》者，當知爲上者無論男子、女子，皆當惠愛其下，而後能得其下之愛戴歡悦；讀《小星》《江有汜》者，當知爲下者亦無論男子、女子，雖上之惠不逮於下，而皆當恪共其事，不可有怨尤其上之心。其庶乎不愧於讀《詩》矣！然則此二詩固瑕瑜不相掩者，謂爲文王之化、盛世之音，失其旨矣。

何彼襛矣

《何彼襛矣》一篇，明言“平王之孫”，其爲東遷後詩無疑，鄭漁仲固已言之矣。蓋此詩雖晚作，然以王姬下嫁而不侈言其貴寵，盛稱其車服，但以“肅雝”美之，則是猶有先代淳樸之遺，是以聖人猶有取焉。乃毛《傳》云：“平，正也。武王女，文王孫，適齊侯之子。”夫經明明言爲平王，而《傳》猶以爲文王，然則經之未嘗言爲某王而《傳》强屬之文王者，豈可勝數哉！且稱爲“平王”者，謂非平王宜臼；則其稱爲“莊公”“穆公”者，亦可謂之非魯侯同、秦伯任好乎？王氏安石乃以《書》之“寧王”爲比，劉氏瑾又以《大雅》之稱“辟王”、《商頌》之稱“玄王”“武王”曲爲之解，强詞奪理，抑又甚焉！何者？夫所謂“寧王”者，猶其稱哲王也；所謂“辟王”者，猶其稱君王也，可以稱此王，亦可以稱彼王，故“寧王”或以爲文，或以爲武，泛稱之則可耳。若云“寧王之孫”“辟王之孫”，則不知其果出於何王也，古人寧有如是不通之文理乎！至商以“玄王”稱契，未聞相土、上甲、微之亦爲玄王也，以“武王”稱湯，未聞太甲、武丁之亦爲武王也，豈得援以爲比？嗟夫！後之人寧叛聖人之經，而不肯少異於漢儒之傳，寧使文理不通而必欲曲全夫相沿之説，真可爲長太息者矣。且《大雅》《尚書》稱“文王”者無慮百餘，何以不一稱爲“平王”？由是言之，“平王”斷非文王明矣。然以“齊侯之子”爲齊襄公，亦恐未然。襄公即位，始取王姬，不得稱爲“齊侯之子”。《春秋》書之，不過以魯爲之主耳。其王姬不得見於《春秋》者，固不知幾何也。説《詩》者不誣經以從傳，不强不知以爲知，庶乎可與言《詩》矣。

騶虞

“騶虞”,《毛詩》以爲仁獸之名,《魯詩》《韓詩》則以爲掌鳥獸之官，歐陽永叔以魯、韓爲是而朱《傳》則用毛説。余按：騶虞之爲獸，稽之經傳皆無文，而《傳》有“騶人”“虞人”之官，魯、韓之説爲有徵矣。且《麟趾》首句言麟，故下言“吁嗟麟兮”，此篇前二句但言草木禽獸之繁，而末忽歎美於仁獸，於文義毫不相蒙，自當以魯、韓、歐陽之説爲正。其詩意則《序》與朱《傳》皆得之，但未必在文王時耳。至《傳》以此詩在《召南》中，遂以爲南國之詩，亦恐未然。《殷其靁》《何彼襛矣》皆周人之詩，何必此詩定屬之南國乎？此與《麟趾》皆盛世之音，然乃列於二《南》後者，蓋序《詩》者以《關雎》《鵲巢》以下六篇皆王化之基，是以冠於二《南》之首；此二篇則皆詠歎成周之盛，是以取之以殿二《南》，以見其化之被於子姓而極於昆蟲草木，猶十五國風之以二《南》始、以《豳風》終，不可謂《邶》《鄘》十二國之詩在前而《豳風》在後也。

通論十三國風

説《毛詩》者以二《南》爲正風，十三國爲變風。余按：《七月》一篇乃周王業之所自基，《東山》《破斧》敵王所愾，勞而不怨，非盛治之世，安能有此？此固不得謂之變也。《淇澳》以睿聖得民，《緇衣》以好賢開國，《鷄鳴》之勤昧爽，《蟋蟀》之戒逸游，皆足以見君德民風之美，何所見其當爲變風也者？蓋春秋之世，距成、康盛時漸遠，故其詩軼者較多。且當周初方尚大雅，故風與小雅皆不甚流傳，雅音漸衰而風始著，是以衰世詩多，盛世詩少，初未嘗以正變分也。惟二《南》中《關雎》《鵲巢》之三與《麟趾》《騶虞》以燕射時所歌，故不至於逸耳，安得因此數篇，遂斷以二《南》爲正風，十三國爲變風也哉？且即衰世，亦未嘗無頌美之詩，若《定之方中》紀衛文之新政，《鳲鳩》美淑人之正國，以及《干旄》之下賢，《羔裘》之直節，《無衣》之勤王，較之《行露》《死麕》之詩，果孰優而孰劣？即《君子于役》之"苟無飢渴"，亦何異於《卷耳》之"寘彼周行"？《出其東門》之"匪我思存"，豈不勝於《漢廣》之"言秣其馬"？何所見而彼當爲正，此當爲變乎？鄭漁仲云："風有正變，仲尼未嘗言，而他經不載焉，獨出於《詩序》。《緇衣》之美武公，《駟驖》《小戎》之美襄公，亦可謂之變風乎？"其説是矣。然又爲

“變之正”之説以斡旋之，則是猶未免依違於兩可也。朱子亦言“正變之説，經無明文可考”，然亦姑從《序》説，吾不知其爲何故也。

舊説：周太史掌采列國之風，今自《邶》《鄘》以下十二國風皆周太史巡行之所采也。余按：克商以後，下逮陳靈，近五百年，何以前三百年所采殊少，後二百年所采甚多？周之諸侯千八百國，何以獨此九國有風可采，而其餘皆無之？曰：孔子之所删也。曰：成、康之世，治化大行，刑措不用，諸侯賢者必多，其民豈無稱功頌德之詞？何爲盡删其盛而獨存其衰？伯禽之治、郇伯之功亦卓卓者，豈尚不如《鄭》《衛》？而反删此存彼，意何居焉？且十二國風中，東遷以後之詩居其大半，而《春秋》之策，王人至魯雖微賤無不書者，何以絶不見有采風之使？乃至《左傳》之廣搜博采而亦無之，則此言出於後人臆度無疑也。蓋凡文章一道，美斯愛，愛斯傳，乃天下之常理。故有作者即有傳者，但世近則人多誦習，世遠則漸就湮没。其國崇尚文學而鮮忌諱則傳者多，反是則傳者少。小邦弱國偶遇文學之士，録而傳之，亦有行於世者，否則遂失傳耳。不然兩漢、六朝、唐宋以來，并無采風太史，何以其詩亦傳於後世也？大抵漢以降之言《詩》者，多揣度而爲之説，其初本無的據而遞相沿襲，遞相祖述，遂成牢不可破之解，無復有人肯考其首尾而正其失者。迨於有宋諸儒，甚且以後漢人所作之《序》命爲周太史之所題。古人已往，一任後人之加之於伊誰，良可慨也。

世儒皆謂：《詩序》近古，其説必有所傳，十二國風之中稱爲美某公、刺某公者，必某公之事無疑也。雖然，余嘗細核之矣。《邶》《鄘》《衛風》三十九篇，直指爲某君者十有七。《王風》十篇，直指爲某王者五。《鄭》則二十一篇而直指者十有一。《齊》則十一篇而直指者六。《唐》則十二篇而直指者九。《陳》則十篇而直指者七。乃至《秦》止十篇而得九，《曹》止四篇而得三。惟其事與君無涉則已耳，苟事涉於其君，不舉其謚，則稱其名與字，如秦仲、衛州吁之類。徒稱君者，百不得三四焉，可謂言之鑿鑿也已。而獨《魏風》七篇、《檜風》四篇，則無一篇直指爲某君者，言及其君，但云"其君儉嗇褊急""其君儉以能勤""君不用道""憂其君""刺其君""疾其君"而已，未嘗一舉其謚若字，此何以説焉？既果真有所傳，何以此二國獨不知其爲某公？況檜亡於魯惠之世，魏亡於魯閔之世，且在齊哀、陳幽之後二百餘年，何以遠者知之歷歷，而近者反皆不之知乎？蓋周、齊、秦、晉、鄭、衛、陳、曹之君之謚皆載於《春秋傳》及《史記·世家》《年表》，故得以採而附會之。此二國者，《春秋》《史記》之所不載，故無從憑空而撰爲某君耳。然則彼八國者，亦非果有所傳，而但就詩詞揣度言之，因取《春秋傳》之事附會之也，彰彰明矣。諺曰："寧在人前全不會，俗呼"能"爲"會"。莫在人前會不全。"蓋會不全則智窮於所域，其爲勦襲與否，人一望而知之，不能欺也。然自有《序》以來，斥其妄者，自朱子及鄭漁仲、王伯厚以外，不多覯焉，其亦可怪也夫。

邶、鄘、衛風

△緑衣　日月[1]

《緑衣》以下四篇,《序》皆以爲莊姜之詩。《緑衣》,《序》云:“衛莊姜傷己也。妾上僭,夫人失位而作是詩也。”《日月》,《序》云:“莊姜遭州吁之難,傷己不見答於先君,以至困窮也。”余按:《春秋傳》文絶無莊姜失位而不見答之事。桓公,戴嬀子也,而莊姜以爲己子,立以爲太子,非夫婦一體,安能得之於莊公?且使莊公而好德也,必無縱妾上僭之事;如好色也,莊姜之美,誰能踰之?而反使之失位乎?至幸嬖人而生子,亦人君之常事,《春秋傳》中多矣,不得以此爲不答莊姜證也。原《序》所以爲是説者,無他,皆由誤解《春秋傳》文,謂莊姜無子,由於莊公之不答,是以《碩人序》云:“莊姜賢而不答,終以無子。”然有子無子,豈盡在答與不答哉!漢薄氏、宋李妃皆以一夕之幸而有子,趙飛燕、合德專寵嫉妬,而卒無子。今世夫婦相愛,不忍畜妾,而無子者何限?乃以莊姜無子,遂懸坐莊公以不答之罪,可謂“漢庭煅煉之獄”矣。莊公之失,惟寵州吁一事耳,然此

---

① 此段原無篇名標題,今據内容加上標題以便檢索,所加標題前標“△”以區别於原有標題。餘仿此。

特由溺愛而無遠慮，與齊僖公之寵無知正同，初不料其後日有弑奪之禍也。果縱妾使上僭，果不答莊姜而使之失位，則亦何難廢桓公而立州吁？然則莊公初未嘗有大昏惑之事也，不過説《詩》者强以加之，以蘄其説之相符耳。且使莊姜果賢，莊公即不見答，猶當委婉措詞，怨而不怒，庶不失詩人忠厚之旨。乃《日月》之詩云："乃如之人兮，德音無良。"何至於是？彼《谷風》之棄婦，又當作何語乎？使莊姜果如是，則亦無怪莊公之不答矣。爲是説者，非止誣莊公，抑且誣莊姜而教天下婦人以懟其夫。其所關於名教風化者非小事也。由是言之，此二詩者或係婦人不得志於夫者所作，其所處之地，必有甚難堪者，斷斷非莊姜詩也。蓋漢之取士，多以經術，而每經有數家之傳，故師弟子相授受，務巧於説經，以期求勝於人，而不肯缺所不知。猶今人之致力於講章，求工於舉業，以期得售也。説經者能傅會以他經傳，則人驚其淹博，服其論議，以爲其説有據。猶今人於場屋中，能勦襲《左傳》，塗抹三《禮》，則考官咸以爲博而拔擢之，不復問其經旨之合與否也。是以其説如是，本無足怪，而後之人遂奉以爲不刊之論，致古人之受誣幾二千年而不能白，則大誤矣。乃朱子於此數篇，皆從《序》説，且併《柏舟》一篇，亦疑以爲莊姜之詩，吾不知其爲何故也。説並見後《燕燕》《終風》《碩人》諸條下。

△ 燕燕

《燕燕》，《序》云："衛莊姜送歸妾也。"《箋》云："完立而州吁殺之，戴嬀於是大歸，莊姜遠送於野，作詩以見志。”余按：此篇之文，但有惜别之意，絶無感時悲遇之情，而《詩》稱“之子于歸”者，皆指女子之嫁者言之，未聞有稱“大歸”爲“于歸”者，恐係衛女嫁於南國而其兄送之之詩，絶不類莊姜、戴嬀事也。自莊公之立，至是已三十有九年，莊姜、戴嬀恐不復存。《史記》以爲戴嬀先死，而後莊姜以桓公爲己子。雖未敢必其然，然獻公之出也，定姜見於《傳》，其入也，敬姒見於《傳》，而記桓公之弑、州吁之殺，絶無一語及於莊姜、戴嬀，若無二人然者，則二人固未必存也。且莊姜既以桓公爲己子矣，莊姜當大歸，何以大歸者反在戴嬀？而古者婦人送迎不出門，莊姜亦不應遠送於野也。又按：《魯詩》《韓詩》及《列女傳》皆以此爲定姜所作；或以爲獻公無禮於定姜，故定姜作此；或以爲定姜歸，其娣送之而作；或以爲定姜送婦作。然以詞意觀之，時勢考之，皆未有以見其必然。蓋皆各以其意揣度言之，是以參差不一，皆未可執以爲實也。説並見前條下。

△ 終風

《終風》，《序》云：“莊姜遭州吁之暴，見侮慢不能正也。”余按：州吁，弑君之賊也，莊姜婦人不能討則已耳，豈當愛之而復望其愛己。乃曰“顧我則笑，謔浪笑傲”，此何言也而可以出之口？曰“寤言不寐，願言則懷”，此何人也而可以存此心？莊姜果賦此詩，一何其無恥乎！朱子《集傳》固已覺其不合，乃以“終風”爲指莊公，然比之以“終風且暴”，斥之以“謔浪笑傲”，皆非莊姜所當施之於莊公者。且既謂莊姜不見答於莊公矣，又何以有“顧我則笑”之語？詳其詞意，絶與莊姜之事不類。是以施之於州吁不合，施之於莊公亦不合也。竊謂年遠事湮,《詩》説失傳者多，寧可謂我不知，不可使古人受誣於千載之上。説並詳前兩條下。

△ 擊鼓

天下之事，有我所知，有我所不知，不可謂有所知者已盡天下之事，而天下之言斷無有在我所知之外者也。《擊鼓》一詩,《序》以爲“衛州吁用兵暴亂，使公孫文仲將而平陳與宋”，則是即《春秋》魯隱公四年四國伐鄭事也。然今考之經文則大不然。凡兩國不相和而爲和之曰“平”,《春秋》“平莒及郯”“卒平鄭、衛”是也。今也衛自伐鄭以媚宋耳，而詩乃云“平陳與宋”，宋與陳初無隙也，何平之有？“東門之役，五日而還”，不爲久也，秋而再伐，州吁旋死，則亦旬月而還師矣。而詩乃曰：“爰居爰處？爰喪其馬？”苟非師老歲淹，暴露已久，何至爲是言乎？細玩此詩，其非州吁伐鄭之事明甚。蓋《春秋》之始，上去平王東遷已四十有九年，其間諸侯交兵之事蓋多有之，但不見於經傳，無可考耳。我所未知，遂謂必無是事；凡所言者，皆我所知。苟取其近似者而附會之，嗚乎，何其謬也？且衛有孫氏，衛之世卿也，故曰“從孫子仲”,《序》乃以爲“公孫文仲”，亦誤。朱子《詩傳》不駁其失，以爲或然，固已異矣。乃後人之復爲委曲彌縫，其説則尤大謬。或云“先和陳、宋而後進兵”，然則何以不言其後而但言其先？或云“自夏而秋，僅隔一時，必帥師在途，又聞後命，未得班師故也”，然則《春秋》何以兩書伐鄭？且衛與鄭數百里耳，五日而還，不匝旬而至國矣，何至歷三月而猶未歸乎？嗟夫！但欲曲護前人之失，遂不顧其説之不通，古人之詩其晦於後人之説《詩》者，豈可勝道哉！

△ 式微　旄丘

《式微》,《序》云：“黎侯寓於衛，其臣勸以歸也。”《旄丘》,《序》云：“責衛伯也。狄人迫逐黎侯，黎侯寓於衛，衛不能修方伯連帥之職，黎之臣子以責於衛也。”余按：《春秋》宣公十五年《傳》文：酆舒殺晉伯姬，晉侯將伐之，伯宗斥酆舒有五罪，而奪黎氏地居其一焉。其年，晉侯滅赤狄潞氏，立黎侯而還，則是黎之失國，在魯文、宣之世，酆舒爲政之時，上距衛之渡河已數十年，黎侯何由得寄於衛？衛亦安能復黎之國乎？其時不符，一也。黎在山西，衛在山東，而詩乃云“狐裘蒙茸，匪車不東”，方欲西歸，而反以“不東”爲解，豈非所謂“北轅將適楚”乎？其地不合，二也。且黎既失國，則其故土爲狄所據，黎侯安能歸國，而其臣乃勸之？衛自宣公以後，日就微弱，而狄日以强大，晉文、襄之盛，且不暇於制狄，而奈何以之責衛乎？細玩詩詞，或果有鄰國之君寓於衛，或别有所指而傳者失之，均未可知。説《毛詩》者，但見《春秋傳》有奪黎氏地及立黎侯之事，未暇細考，遂附會而爲之説耳。後人乃强爲之解，謂黎侯凡再失國，黎侯寓在衛東，故云“匪車不東”，欲以曲全《序》説，謬矣。

△新臺　二子乘舟

《新臺》,《序》云:"刺衛宣公也。納伋之妻,作新臺于河上而要之,國人惡之而作是詩也。"《二子乘舟》,《序》云:"思伋、壽也。衛宣公之二子爭相爲死,國人傷而思之,作是詩也。"其事蓋本之《春秋傳》,然詩所言殊與《傳》所載者不類,何者?伋,宣公之子也,以父而奪子妻,禽獸行也,此真所謂"言之醜者",乃但笑其"籧篨""戚施",若憎宣公之老且醜者,少知名義者肯爲是言乎?既至而知其美,故奪取之,未至而先築臺,又不於國而於河上,欲何爲者?壽死於盜,伋始至莘,詩何以稱"二子乘舟"?自衛至齊,皆遵陸而行,特濟水時偶一乘舟耳。既非於河上遇盜,何不言其乘車而獨於其乘舟詠之思之?細玩二詩之詞,與《傳》所載伋、壽之事了不相涉,其非此事明矣。然即《傳》文,亦有未可以全信者。宣公之立,在魯隱公四年,石碏①既殺州吁,迎於邢而立之,而《傳》稱宣公烝於夷姜,生急子,即《序》之伋。謂烝於夷姜在爲公子時乎?則當莊、桓之世必不敢,而在邢又不能。且石碏討賊立君,亦必擇其賢者。左公子洩,右公子職,何人不可以立,而必立此淫亂之人乎?謂烝於夷姜在已爲君後乎?則宣公在位僅十有九年,急之娶,少亦當十四五歲,早亦當在宣公十六七年之時,則宣公卒時,壽、朔皆尚在襁褓,壽安能盜旌而先?即朔亦不能搆急子也。此乃必無之事,昔人固有辨之者矣。偶忘爲何書何人之説。蓋緣《左

① 碏,原作"蜡",據《左傳》改,下同。

傳》一書，采摘太廣，但有所得，即綴於篇，而不暇辨其是非虛實。况此事乃後日所追述，非若朝聘侵伐，史臣按月而書者比，固未可盡執爲實也。嗟夫！《左傳》猶不能以無誤，况於《詩序》，烏在其可以盡信乎？

△ 鄘風概説

《詩序》惟《鄘風》多得實。《定之方中》，經有明文；《載馳》，《傳》有明文，不待言矣。《柏舟》，以爲共姜自誓之詩，今玩其詞，“我儀”“我特”之稱，“之死靡他”之語，其爲婦人守貞不貳之作無疑，而“髧彼兩髦”屬之於世子，語亦符合，此必有所傳而云然，非揣度而爲之説也。《牆茨》《偕老》《鶉奔》三篇，以宣姜、昭伯之事當之，雖無確據，然玩其詞意，與其事正相合，《序》説近是。惟《傳》以《鶉奔》爲假惠公之言以刺之，尚恐未然。觀其稱君而不稱母，或衛之群公子所作，未可知也。《蝃蝀》以下三篇，亦得詩意，但時世則未可知耳。唯《采唐》，説者多疑之，説見後條。

《鄭風》二十一篇，男女相悦者不下十篇，其守正不淫者一篇而已。《鄘風》凡十篇，貞者一篇，淫者一篇，而刺淫者乃至四篇之多，衛俗非鄭所能及也。且《東門》不過自明其志而已，未嘗敢斥淫者之失，而《鄘》乃云“不可道”“言之醜”“子之不淑”“人之無良”“大無信，不知命”，深斥痛絶，至於如是，何哉？蓋風俗所在，雖賢人亦無如之何。彼既習於淫矣，而有一守正者出焉，方且嫉之笑之，求得免焉足矣，何敢反以責人。若公然深斥之、痛絶之，不一而足，則是先王之禮教猶存，民間之風俗未壞，賢者多而不肖者少，見無禮者群然怪之，是以絶之斥之而無所忌，人亦以爲是而傳而誦之也。吴季札云：“衛康叔、武公之德如是。”豈不信與！吾故讀《牆茨》《君子偕老》《鶉奔》三篇而知衛之必亡，而又知衛之必將復興也。至其立言之妙，則《牆茨》《君子偕老》二篇爲最。《牆茨》一篇初不明斥其惡，而但云“不可道”“言之醜”，不言之刺甚於言矣。《君子偕老》先從對面着筆，而以“象服是宜”一句跌醒，然後用二語點出主意，筆法之巧，最耐咀嚼玩味。孔子曰：“不學《詩》，無以言。”良不誣也。《相鼠》刺無禮儀，亦足以見風俗之美。

△ 桑中

《詩序》云：“《桑中》，刺奔也。衛之公室淫亂，男女相奔，至於世族在位，相竊妻妾，期於幽遠，政散民流而不可止。”吕氏祖謙云：“詩之爲體不同，有鋪陳其事不加一詞而意自見者，此類是也。”嚴氏粲云：“或以《桑中》爲淫奔者所自作，則非所謂‘止乎禮義’矣，當從國史所題，以爲刺也。”朱子《詩序辨説》云：“此詩乃淫奔者所自作，《序》之首句以爲刺奔，誤矣。”又云：“詩之爲刺，固有不加一詞而意自見者，《清人》《猗嗟》之屬是已。然嘗試玩之，則其賦之之人，猶在所賦之外，豈有將欲刺人之惡，乃反自爲彼人之言以陷身於所刺之中而不自知也哉！”又云：“以是爲刺，不惟無益，殆恐不免於鼓之舞之，而反以勸其惡也。”余按：《桑中》一篇但有歎美之意，絶無規戒之言。若如是而可以爲刺，則曹植之《洛神賦》、李商隱之《無題》詩、韓偓之《香奩集》，莫非刺淫者矣。夫《子虛》《上林》勸百諷一，古人猶以爲譏，况有勸而無諷，乃反可謂之刺詩乎？余嘗細核《序》文，比其前後而參觀之，同一題爲刺而其文互異。《新臺》以爲刺宣公，則其文云“國人惡之而作是詩”，《南山》以爲刺宣公，則其文云“大夫遇是惡，作詩而去之”，諸如此類，《序》以爲作詩者之刺其君，文甚明也。若《桑中》，《序》首言“刺奔”，而下但言“衛之公室淫亂，男女相奔”；《還》，《序》首言“刺荒”，而下但言“哀公好田獵，國人化之，習於田獵謂之賢，閑於馳逐謂之好”；《丰》，《序》首言“刺亂”，而下但言“婚姻道缺”；《著》，《序》首言“刺時”，而下但言“時不親迎”。皆無一言及於詩人之刺之者，與《新臺》《南山》諸篇之文絶不類，疑作《序》者以録此詩於《國風》中以垂戒於後世，故謂之“刺”，未必果謂作此詩者之刺之也。《凱風》，《序》云：“美孝子也。”而詩稱“有子七人，莫慰母心”，此爲美之乎？抑爲責之乎？疑《序》亦以録此詩爲美之，非以作此詩爲美之也。《静女》《有狐》之刺時，《溱洧》《綢繆》之刺亂，恐亦皆當如是，正不必曲爲説以附會之也。

△ 干旄

衛之重封，由於齊桓。齊桓所封者，邢與衛也。然邢僅二十餘年而遂亡，而衛歷春秋及戰國、秦，又數百年而始亡，何哉？吾讀《干旄》之篇而知衛之所以久存，良有由也。蓋國家之治，惟賴賢才。而賢才不易得，故人君於賢才，不惟當舉之用之，而且當鼓之舞之。旄旄之賁於浚，所以下賢也，即所以勸賢也。下賢，則有以咨諏治道。勸賢，則人皆爲自濯磨，而賢才將不勝其用，故季札至衛而曰："衛多君子，未有患也。"君子之所以多，正由其君好賢，因而其卿大夫咸知下士，躬訪賢才於甽畝中，以故人皆競於賢耳。是知立國之規模未有不在於好賢者，讀《詩》者能以此篇例之，則授之以政而無不達者矣。

△ **碩人**

《碩人》，《序》以爲閔莊姜之詩，謂"莊公惑於嬖妾，使驕上僭，莊姜賢而不答，終以無子，國人閔而憂之"。朱子《集傳》從之，更無異説。余按：此篇凡四章，首章言其貴，次章言其美，三章言其婚成，四章言其媵衆，毫不見有刺莊公之意，不知《序》與《傳》何從而知之？且玩詩詞，乃其初至時作，當其初至，何由預知異日莊公之不見答以至無子而閔之？其三章云"大夫夙退，無使君勞"，方且代體莊公晏爾新婚之情，而惟恐其過勞，烏有所謂憂其不答者哉！揆《序》與《傳》之意，皆由誤解《春秋傳》文，遂并以誤解詩。《春秋傳》云："衛莊公娶於齊東宫得臣之妹，曰莊姜。美而無子，衛人所爲賦《碩人》也。"此詩次章正言莊姜之美，則是以此詩證其美，非以此詩證其無子也。若云"美，衛人所爲賦《碩人》也，而無子"，則語不成文矣。故待其文既畢，然後證之，非謂因其無子而後賦此詩也。且《春秋傳》

所記並無莊公不荅之事，有子無子亦不在荅與不荅也。即嬖人生子，亦當在晚節，非莊姜歸時已然，何故初歸而即不荅以致無子乎？二嬀之娶後此矣，然厲嬀生子孝伯，戴嬀生子桓公，莊姜娶於二嬀之前，何以獨不見荅而無子乎？詳《序》所言，與《傳》了不相合，乃朱子云："此序據《春秋傳》，得之。"嚴氏粲云："題以閔莊姜，有《左傳》可證。若不用《序》，以此爲美莊姜，可乎？"此大不可解也。且詩果以莊姜賢而不荅而閔之，則當極言其賢，微諷其不荅，乃但侈稱其族之貴，色之美，車服之盛，媵妾之多，賢何在焉？稱人之賢者，固如此乎？至於不荅，則絶無一語微露之。朱子但欲曲全《序》說，乃云："稱其族類之貴，見其爲正嫡小君，所宜親厚，而重歎莊公之昏惑也。"於三章則云："歎今之不然也。"詩自言彼，《傳》自言此，冤矣。夫詩之體雖婉，要必其言微露此意，乃可從而暢之，若詩絶不言，而吾必謂其有此意，天下尚有不可附會者乎？近世有不喜李白詩者，取杜甫《春日懷李白》詩釋之，謂甫素輕白，云："白也之詩，號爲無敵，然不過飄然思不群而已。其清新不過如庾開府，其俊逸不過如鮑參軍，何嘗果無敵乎？何時重與白聚，細論詩律以發其蒙也。"《集傳》之釋此詩，毋乃類是？嗟乎！不欲改先儒之說，無寧聽古人之誣，孰輕孰重，必有能辨之者。說並見前《綠衣》諸詩下。

△ **河廣**

《河廣》，《序》云："宋襄公母歸於衛，思而不止，故作是詩也。”朱子《集傳》因之，云：“衛在河北，宋在河南。宋桓公夫人生襄公而出歸於衛。襄公即位，夫人思之而義不可往，故作此詩。”余按：春秋閔公二年，狄滅衛，衛人渡河而廬於曹。僖公九年，宋桓公乃卒。則襄公之世，衛已在河南，不待杭河而後渡也，詩安得作如是言乎？孔氏穎達、嚴氏粲固已覺其不合，顧不肯變易舊說，乃復曲爲之解。孔氏以爲假有渡者之詞，非喻夫人之嚮宋渡河也。然則三百篇中，何語不可謂之假設，亦何所取義於河而假之乎？嚴氏以爲作於衛未遷之前，桓公猶在，然則夫人非義不可往，乃勢不能往，其作此詩，一何無恥也？蓋《序》與《傳》之爲此説，不過一時失於檢點，而忘襄公之立在衛渡河以後，學者不肯直抉先儒之誤，已非直道而行之正，況欲委曲迴護以誣古人而惑後世乎？是所謂“豈徒順之，又從而爲之辭也”。且宋桓，賢君也，其夫人思子而能止乎禮，則亦賢夫人也。以賢夫人而遇賢君，何以得出？夫婦之義重矣，苟非得罪宗廟不至於出，夫人而賢也，必無可出之罪。無罪而出之，又豈賢君之所爲乎？余玩此篇詞意，似宋女嫁於衛，思歸宗國，而以義自閑之詩。學者以是爲説亦可矣，何必誣古人而後足以垂世立教哉？朱子最不取《序》，然其本《序》意以説《詩》者，一何多也？

△ 伯兮

《伯兮》一篇，鄭氏以爲即《春秋》桓五年蔡人、衛人、陳人從王伐鄭之事，朱子云：“詩言‘自伯之東’，鄭在衛西，不得爲此行矣。”衛未渡河以前，鄭在衛南，“西”字疑誤。其説是也。乃孔氏《正義》復曲爲之解，言“兵至京師乃東行伐鄭”，京師在衛之西數百餘里，豈得置西不言而反言東，天下有如是不通之文理乎？况諸侯之師從王伐鄭，必有約會之地，斷無至周而後東行之理。觀《春秋傳》諸侯會晉伐鄭，從未有至晉而後南行者，其説之誣亦已明矣。蓋自平王之東，四十有九年而後入春秋，其時王室尚未甚微，安知其無征伐之事？而外征伐之不書於魯史之策者亦多，豈得見有桓王伐鄭一事，遂紆曲牽合以附會之哉？抑吾於此詩有感焉。古之婦女，膏沐而已，膏沐以爲夫容而已。秦漢以來，始有脂粉，唐人尤以爲重。宋元之際，加以纏足，而天真幾不復存矣。余幼時見婦女妝束，尚近渾樸，近則惟務趨時，妖淫怪妄，愈出愈奇，見之令人作惡，而其人以爲非是不足以逢時，至有其夫禁之而不聽者，吾不知其“誰適爲容”也。故誦此詩有三益焉：一則爲人上者知夫婦離别之苦，而兵非不得已而不用；一則爲丈夫者，念閨中有“甘心首疾”之人，而路柳牆花不以介意；一則爲婦人者，知膏沐本爲夫容，而不可學時世梳妝以悦觀者之目。則庶乎其爲不徒誦此詩也已，正不必取《春秋》中事以附會之也。

△有狐　木瓜

天下有詞明意顯，無待於解，而説者患其易知，必欲紆曲牽合，以爲别有意在。此釋經者之通病也，而於説《詩》尤甚。《有狐》《木瓜》二詩，豈非顯明易解者乎？狐在淇梁，寒將至矣，衣裳未具，何以禦冬？其爲丈夫行役，婦人憂念之詩顯然，而《箋》云：“婦人喪其妃耦，欲與人爲室家。”夫他人無裳，與己何涉，婦人如此之無恥乎？且何所見“之子”之必爲他人而非其夫也？木瓜之施輕，瓊琚之報重，猶以爲不足報而但以爲永好，其爲尋常贈答之詩無疑，而《序》云：“美齊桓也。衛處于漕，齊桓救而封之，遺之車馬器服，衛人欲厚報之而作是詩。”夫齊桓存衛，其德厚矣，何以通篇無一語及之而但言木瓜之投？感人之德者固如是乎？且衛於齊有何報而乃自以爲瓊琚也？漢周亞夫之子爲父治葬具，買甲楯五百。被廷尉責曰：“君侯欲反邪？”亞夫曰：“臣所買器乃葬器也，何謂反？”吏曰：“君侯縱不反地上，即欲反地下耳。”世之説《詩》者何以異此？蓋漢時風氣最尚煅煉，無論治經治獄皆然，故曰“漢庭煅煉之獄”。獄之煅煉，含冤於當日者已不可勝數矣；經之煅煉，後人何爲而皆信之？朱子最不信《序》，然於《有狐》亦謂“寡婦見鰥夫而欲嫁之”，是朱子亦不以煅煉爲非矣。古人之冤，其遂將終古不白邪？唯於《木瓜》不用《序》説，但疑以爲男女贈答之詞，尚未敢必其然。“投桃”“報李”，《詩》有之矣；“木瓜”“瓊琚”，施於朋友饋遺之事，未嘗不可，非若“子嗟”“子國”“狡童”“狂且”之屬，必蕩子與游女而後有此語也，即以尋常贈答視之可也。

△ 餘論

《邶》《鄘》《衛風》三十九篇，玩其詞意，考其時勢，惟《鄘風》自《柏舟》外皆春秋時事，而《邶》《衛》二國風多似春秋以前所作。《淇澳》《碩人》不待言矣，其餘諸篇皆與《春秋》經傳所載衛國之事無所關涉。且《邶風》十九篇，而“毖彼泉水，亦流于淇”在第十四篇中，《衛風》僅十篇而言“淇”者四，至第九篇猶云“在彼淇梁”，其無渡河以前之詩明甚。考衛渡河之日在魯閔公二年，上距春秋之初僅六十年，然則其詩在春秋以前者多矣。故《序》雖以春秋中事附會之，而委曲牽强卒不能合也。惟《鄘風》春秋時詩爲多，故《序》説多得之。其風所以分爲三者，蓋必有説，但世遠書軼，無從考耳。《春秋傳》季札請觀周樂，爲之歌《邶》《鄘》《衛》，曰：“吾聞衛康叔、武公之德如是，是其《衛風》乎？”則當時固已合之矣。然皆各爲次序，故不能併爲一。讀者但當即詞以求其意，此非大義所關，正不必强爲説以曲解之也。又按：舊説以邶、鄘、衛皆殷畿内地名，北曰邶，南曰鄘，東曰衛，今觀《邶》《衛》二風，皆無渡河以後之詩，獨《鄘風》有之，似鄘在東者然，疑舊説之誤也。

讀風偶識卷之三

王風

△ 黍離

《黍離》一篇,《韓詩》以爲“尹吉甫信讒而殺伯奇，其弟伯封求而不得，憂懣不識於物，視黍離離，反以爲稷之苗”。今玩其詞，乃似感傷時事，殊不見其爲遭家庭之變者也。《毛詩序》則以爲“周大夫行役至於宗周，過故宗廟宫室，盡爲禾黍，閔周室之顛覆而作是詩”，較韓説爲近理。然玩“心憂”“何求”之語，乃憂未來之患，亦不似傷已往之事者也。且二家之説不過以章首言“黍離”“稷苗”故耳，然作詩者多就其所見以起興,《蒹葭》《杕杜》，意原不在於物，豈得以章首言“黍稷”，遂斷以爲詩人之旨在是乎哉？細玩此詩詞意，頗與《魏風・園桃》相類。“黍離”“稷苗”，猶所謂“園桃”“園棘”也。“行邁靡靡”，猶所謂“聊以行國”也。“不知我者，謂我何求”，猶所謂“謂我士也罔極，心之憂矣，其誰知之”也。然則此詩乃未亂而預憂之，非已亂而追傷之者也。蓋凡常人之情，狃於安樂，雖值國家將危之會，賢者知之，愚者不之覺也。是以不知者謂之何求,《黍離》

憂周室之將隕，亦猶《園桃》憂魏國之將亡耳。若待故宮已爲禾黍而後憂之，不亦無及於事矣乎？且平王之東也，非由西而東也。當其未立之時，畿甸已盡没於戎矣。是以平王以岐、豐地與秦而使自爲取之，然秦亦不能有，至其子孫始陸續攻得之。當東遷之初，故國皆戎也，大夫何爲而至其地？宋之南渡也，稱臣於金，故其臣有銜命至金者。平王未嘗乞憐於戎也，大夫安能行役於故國哉？蓋緣説《毛詩》者謂《王風》皆周東遷以後之詩，此篇居《王風》之首，當爲初遷時所作。有此成見在心，故見章首言"黍稷"，遂以爲故宮之禾黍耳。其實《王風》不必皆在遷後，讀者當玩其詞以求其意，不得因此遂定以爲行役於故國也。曰：然則季札何以謂爲"周之東"也？曰：此不過大概言之耳，非爲其必無一二篇在東遷之前也。正如稱《大雅》爲"文王之德"，而《大雅》豈盡文王之德？稱《鄭風》爲"其細已甚"，而有《緇衣》《羔裘》。稱《唐風》爲"思深憂遠"，而有《綢繆》《葛生》。豈得以是爲疑也哉？朱子《集傳》雖亦用《序》説，然終未有以見其必然也。

△ 揚之水

《揚之水》，《序》云："刺平王也。不撫其民而遠屯戍[①]于母家，周人怨思焉。"余按：申與甫、許，皆楚北出之衝，而申倚山據險，尤爲要地。楚不得申，則不能以憑陵中原，

① 戍，原作"戊"，據《畿輔叢書》本改。

侵擾畿甸，是以城濮[1]還師，“楚子入居于申”，鄢陵救鄭，子反帥師過申。申之於楚，猶函谷之於秦也。宣王之世，荊楚漸强，故封申伯於申以塞其衝。平王之世，楚益强而申漸弱，不能自固，故發王師以戍之耳，非以申爲舅故而私之也。不然，戍申足矣，又戍甫、戍許何爲者？曰：爲申同姓故也。曰：申同姓之國若是親乎？申與齊、許、紀、甫皆姜姓也，然齊滅紀，又滅許以與鄭，而晉亦滅虞、虢、焦、滑、霍、揚、韓、魏，同姓之國且自相滅矣，况於母家之同姓而平王乃有是推烏之愛乎？蓋甫，即吕也，《書·吕刑》，或作《甫刑》是也。楚子重請取申、吕以爲賞田，巫臣曰：“此申、吕所以邑也，是以爲賦，以禦北方，若取之，是無申、吕也，晉、鄭必至于漢。”然則申、吕二國皆楚北衝，惟許地稍近内。然楚師度申、吕而北，則必經許，是以齊桓得許，則能伐楚而至召陵，晉文踐土之盟不得許，則於盟後汲汲率諸侯以伐之。晉霸既衰，許折而入于楚，始以争鄭爲事耳。由是言之，平王之戍三國，非私之也，謂平王之戍申爲私其舅，則宣王之封申亦爲私其舅乎？謂平王之戍甫、許以申同姓故，則宣王之城齊亦以申同姓故乎？惜乎！説經者不考其時勢而但以己意度之者多也。

朱子《詩集傳》云：“申侯與弑幽王，法所必誅，平王知有母而不知有父，知其立己爲有德而不知其弑父爲可怨，至使復讎討賊之師，反爲報施酬恩之舉，則其得罪於天甚

① 城濮，原作“成濮”，據《左傳》改，事見《左傳·僖公二十八年》。

矣！”余按：申侯與弑幽王，其事本之《史記》，而《史記》采之《國語》史蘇、史伯之言。然經傳固無此事也，《詩》《書》或多缺略，《左傳》往往及東遷時事而不言此，乃至《周語》專記周事而亦無之，此非常之大變，周轍之所由東，何以經傳皆無一言及之？而但旁見於《晉》《鄭》之語，史伯逆料之言，史蘇追述之事，烏在其可信爲實也？且所載二人之言，荒謬者亦多矣。伊尹，聖人也，而以爲與妹喜比而亡夏；膠鬲，賢人也，而以爲與妲己比而亡殷，誣矣！褒君也而化龍，龍漦也而化黿，童妾也而生女，而孕至數十年，又妄矣！如謂申侯之事必實，二子之言可信，將伊尹、膠鬲亦果與妹喜、妲己比者乎？以此爲平王罪，吾恐古人之受誣也。細玩詩詞，但爲傷王室之微弱，初無刺王之意。故以“揚水”喻王室，以“束薪之不流”喻諸侯之不肯敵王所愾，蓋因荆楚日强，漸有蠶食中原、窺伺畿甸之勢，故戍三國以遏其鋒。以爲私其母家，固已失之，因《序》此言，遂謂之爲忘讎報施，則更冤矣。觀其後數十年，楚人卒縣申、吕，通道中原，陳、許、宋、鄭咸被其害，賴有齊桓一匡，始得少安。及齊桓亡，許遂改而事楚，由是楚人遂觀兵於周郊而問鼎焉。然則此三國者，正如漢之虎牢，唐之維州，如之何其可不戍？安得不詳考其時勢與其地勢而遽以爲平王罪也！説並詳《豐鎬考信録》中。

△ 中谷有蓷　兔爰　葛藟

《中谷有蓷》，《序》云：“夫婦日以衰薄，凶年饑歲，室家相棄爾。"《兔爰》,《序》云:"桓王失信,諸侯背叛,搆怨連禍,王師傷敗,君子不樂其生焉。"《葛藟》,《序》云:"王族刺平王也。周室道衰,棄其九族焉。"朱子《集傳》於《中谷》一篇全用《序》説,於《兔爰》篇雖亦采《序》説而不訓以爲桓王伐鄭之事,於《葛藟》篇則絶不用《序》説,而但以爲世衰民散、流離失所者所作。余按:《兔爰》詩云:"我生之初,尚無爲;我生之後,逢此百罹。"然則其人當生於宣王之末年,王室未騷,是以謂之"無爲",既而幽王昏暴,戎狄侵凌,平王播遷,室家飄蕩,是以謂之"逢此百罹",故朱子云"爲此詩者,蓋猶及見西周之盛",可謂得其旨矣。若以爲在桓王之時,則其人當生於平王之世,仳離遷徙之餘,豈得反謂之爲"無爲"?而諸侯之不朝亦不始於桓王,惟鄭於桓王世始不朝耳。其於王室,初無所大加損,豈得遂謂之爲"百罹""百凶"也哉?竊謂此三篇者,皆自鎬遷洛者所作。蓋遷徙之際,棄舊營新,最易失所,非上大有以安輯之不可。是以盤庚將遷,率籲衆慼;既遷之後,奠厥攸居。太王[1]仁主,則邠民從之如歸市。而《傳》亦稱齊桓遷邢,邢遷如歸。平王不能撫恤其民,以致父子、兄弟、夫婦不能相保,是以其詩云然。吾故讀此三詩而知周之不復振也。"仳離",猶云流離。"終遠兄弟",非遷徙之故,何以至是?王族即使衰微,亦必不至於"謂他人父""謂他人母"也。細玩其詞,其爲東遷之人所作明甚。非但與王族無涉,亦

① 王,原作"主",據《畿輔叢書》本改。

不必定在凶年饑歲時也。至以桓王伐鄭之事附會之，尤失之遠矣。

△ **餘論**

舊説周室東遷，王室遂卑，與諸侯無異，故詩不爲雅而爲風，然其王號未替也，故不曰周而曰王。余按：風與雅者，詩之兩體，非以天子、諸侯分也。猶後世之詩有樂府，有古體，有齊梁體，有唐人近體。詩之外復有詞，有北曲、南曲也。小雅中間有類大雅者，亦有類風者，《豳風》亦有類雅者，猶唐人詩之《邊草》《河漢》類詞，宋人詞之《天淨沙》《西江月》類曲也。所以《賓筵》《抑戒》，衛而列雅，《閟宫》《泮水》，魯而稱頌，諸侯之國既有雅、頌，寧天子之畿而獨無風乎？但東遷以前，士大夫多尚雅音，故風之傳者少耳，非以東遷故降而爲風也。曰：然則何以不曰《周風》而曰《王風》也？曰：王也者，别於齊、秦、鄭、衛而言之也。若别於《商頌》，則曰《周頌》，不曰《王頌》矣。《春秋》於諸侯之大夫書曰“齊人”“晉人”，其師書曰“齊師”“晉師”，獨其於周也，人曰“王人”，師曰“王師”，女曰“王姬”，正曰“王正”。何者？普天之下皆周也。猶之乎四量不曰“齊量”而曰“公量”，二耦不曰“魯臣”而曰“公臣”也。是故風也者，詩之體也，非以其遷故而風之也；王也者，名之正也，非以其風故而王之也。説並見前《黍離》條下。

鄭風

△ 緇衣

《緇衣》，言好賢也，治國之要惟在得人，雖有英主，非賢莫助，雖有善政，非賢莫行。然世未嘗乏賢，但患人主之不好耳。“適子之館”，屈身以見賢也，孟子所謂“欲有謀焉則就之”是也。“授子之粲”，大烹以養賢也，孟子所謂“廩人繼粟，庖人繼肉”是也。故曰“好賢如《緇衣》，惡惡如《巷伯》”。夫如是，安有不得賢者？鄭開國之規模其在此矣。大抵國家初造，莫不以好賢爲務。雖以鄭之不振，而其立國之初，猶且如是，况齊、晉之强，魯、衛之久，當必有更甚於此者。但開國於周初，世遠詩軼，無從見耳。惟鄭建國於平王之世，是以此詩尚存，學者所當以三隅反也。《序》乃以爲“鄭武公父子爲周司徒，善於其職，國人美之而作此詩”。説者因曲爲解，謂“諸侯入爲卿士，皆授館於王室，故云‘適子之館’”。夫鄭，本以王之支庶而爲卿士，非由諸侯而入仕王朝者，其居此宫久矣，何待别授以館？况“適館”“授粲”，皆上施於下之詞，而人君爵尊禄厚，亦非民之所當爲之改衣授餐者也。朱子《集傳》亦用《序》説，殊不可解。嗟夫！自衛《序》、鄭《箋》出而《毛詩》大行於世，三百篇遂變而爲章句之學，與政毫不相涉矣。

△將仲子　叔于田　大叔于田

《將仲子》,《序》云:“刺莊公也。弟叔失道而公弗制,祭仲諫而公弗聽。”鄭《箋》云:“無踰我里,喻言無干我親戚也。無折我樹杞,喻言無傷害我兄弟也。”余按:以“仲子”爲祭仲,則此乃莊公諭祭仲之詞,不得反以爲刺莊公。至以“里”爲親戚,以“杞”爲兄弟,其取喻亦不倫。且下既明言“父母”“諸兄”矣,此又何爲託之里與杞乎?共叔,莊公之母弟也,莊公方假仁義以欺人,將使人謂我不負弟而弟負我,今乃自謂不敢愛弟,少自顧惜者不肯出是語,而謂莊公肯言之乎?此爲勉强牽合無待問者。朱子駁之,是已。然以此爲淫奔之詩,則猶未得詩人之本意也。果奔女與?其肯拒其所歡而不使來?其肯以父母諸兄人言自防閑乎?且既以拒之矣,而猶謂之淫奔,彼奔焉者,又謂之何?細玩此詩,其言婉而不迫,其志確而不渝,此必有恃勢以相强者,故託爲此言以拒絶之。既不干彼之怒,亦不失我之正,與唐張籍卻李師古聘而賦《節婦吟》之意相類。所謂“仲可懷”者,猶所謂“感君纏綿意”也,所謂“豈敢愛之,畏我父母、諸兄”云者,猶所謂“君知妾有夫”“還君明珠雙淚垂”也,此豈果愛其人哉?特不得不如是立言耳。又按:《春秋傳》,齊侯、鄭伯爲衛侯故如晉,晉侯言衛侯之罪,使叔向告二君,子展賦《將仲子兮》,晉侯乃許歸衛侯。其取義正與此詩語意相合,無怪其能感平公而使之許也。然則此詩固善於詞令者,故孔子曰:“不學《詩》,無以言。”反覆讀之,其意自見,若以爲淫奔,以爲刺莊公,而言語之妙遂泯然不復可識矣。

有友人謂余曰："朱子大儒，誠有功於聖道，獨於《詩傳》，余有憾焉。凡《序》所稱爲刺某人、美某人者，概不謂然，必經有明文若《叔于田》者方敢指爲共叔，否則必以《序》説爲非矣。"余曰："余於朱子《詩傳》亦有憾焉，顧所憾與君異。非憾朱子之不從《序》，正憾朱子之猶未免於信《序》也。即如《叔于田》二篇，叔者，男子之字，周人尚叔，鄭之以叔稱者當不下十之五，使余爲《詩傳》，必不敢謂此叔之爲共叔也。"答友人語止此。共叔，國君之介弟也，詩人果稱美之，當舉卿士大夫以爲擬，乃僅曰"巷無居人""巷無服馬"，彼共叔者，豈但與里巷之人較優劣者乎？共叔之在鄭也，如二君矣，收二鄙爲己邑，其目中豈復有莊公者？而詩曰"襢裼暴虎，獻於公所"，彼共叔者，豈尚肯獲禽而獻於莊公者乎？子封之伐京也，京叛共叔。祭仲、子封之諫也，莊公若不爲意者，蓋莊公已早策共叔之庸愚不能撫恤其衆，而下皆有叛心，而《序》乃云"國人説而歸之"，朱《傳》亦云"鄭人愛之"，段不能結京人之心，而況能得鄭國之人之愛且説乎？且共叔之在京也，撫大都，收二鄙，繕甲兵，具卒乘，愛共叔者何不述其都邑之雄富、車甲之强盛，而惟田獵之是言乎？取二篇之詩，逐文而求其義，未見有一言之合於共叔者，然則其非共叔明矣。

大抵《毛詩》專事附會，仲與叔皆男子之字，鄭國之人不啻數萬，其字仲與叔者不知幾何也，乃稱"叔"即以爲共叔，稱"仲"即以爲祭仲，情勢之合與否皆不復問。然則鄭有共叔，他人即不得復字叔？鄭有祭仲，他人即不得復字仲乎？宋陳振孫云："本朝諸家蓄古器物款式，其考訂詳洽如劉原父、吕與叔、黄長睿，多矣，大抵好附會古人名字，如'丁'字，即以爲祖丁；'舉'字，即以爲伍舉；'方鼎'，即以爲子産；'仲吉匜'，即以爲偪姞之類。邃古以來，人之生世夥矣，而僅見於簡册者幾何。器物之用於人亦夥矣，而僅存於今世者幾何。迺以其姓字名物之偶同而實焉，余嘗竊笑之。惟其附會之過，併與其詳洽者，皆不足取信矣。"陳氏之言可謂特識！然豈惟古器物爲然哉？古今之如是者，蓋不可枚舉矣。故陳恒所殺者闞我也，而司馬氏以爲宰予，以予亦字子我故也。餌金石藥者，衛退之也，而孔氏以爲韓昌黎，以昌黎亦字退之故也。世傳有嚴洞賓者，嘗挑女子牡丹，而傳奇家遂以爲吕岩事，以岩亦字洞賓故也。彼説《詩》者亦如是而已矣。洺滏間有李氏者，素封也，其季弟行五者俗呼爲李老五，同城别有一李老五，年相若也。偶以事至鄰郡，聞者遂以爲素封之李老五也，延之於家，厚其供帳飲食，出金帛以恣其狹邪遊，猶恐其不得當也。其人知其誤而利其奉，亦不自言。去旬月，而後知其非此李老五也，乃嗒[①]焉若喪，聞者莫不笑之。然此二人者，不惟其行同，其姓亦同，其誤猶有説者。若《詩》之《將仲子》《叔于田》，但舉其字而姓氏皆無之，何所見其當爲祭與共者？乃説《詩》者動謂《詩序》近古，其言必有所據，豈知生同斯世者相距僅百里，其

① 嗒，原作"塔"，據《莊子·齊物論》改。"嗒焉若喪"，原文爲"仰天而噓，嗒焉似喪其耦"。

舛誤已如是，况作《序》者謂衛宏。上距作詩之時已八百餘年乎？嗟夫！嗟夫！此真非言語所能争也。

△ 女曰鷄鳴

《女曰鷄鳴》一篇，《序》以爲“陳古義以刺今不説德而好色”，鄭《箋》以爲“夫婦相警戒以夙興，言不留色也”，朱子《詩傳》不取陳古刺今之意，而但以爲賢夫婦相警戒之詞。余按：夫婦果賢，則當男務耕耘，女勤紡織，如《葛覃》之“刈”“濩”，《七月》之“于耜”“舉趾”矣。果相警戒，則當如《蟋蟀》之“無已太康”，《小宛》之“無忝[1]所生矣”。今也鷄鳴而起，所爲者弋鳬雁耳，飲酒耳，好交遊耳，所謂賢者固如是乎？所謂警戒者如是而已乎？孟子曰：“鷄鳴而起，孳孳爲善者，舜之徒也。鷄鳴而起，孳孳爲利者，蹠之徒也。”然則“鷄鳴而起”不必賢者而後能也。若但以不留色爲賢，則天下之男子豈必皆日日御婦人者哉？蓋鄭俗浮薄，不知勤於職業，男女相悦者不必論矣。即夫婦居室不爲冶蕩，而亦不過弋遊醉飽之是好，初無唐魏勤儉之風、秦人雄勇之俗也。君子是以知其國勢之不振，以此爲賢而相警戒，誤矣。以爲陳古刺今，則尤大誤，豈古之人亦惟弋獵、飲酒之是好哉？

《女曰鷄鳴》一詩雖不足以當賢夫婦，然亦尚有可取者在。婦人之性多私所親而執所見，故女叔齊曰：“先君若有

---

① 忝，原作“黍”，據《毛詩正義》及《畿輔叢書》本改。

知也，毋寧夫人而焉用老臣？”漢高帝大封諸子，約非劉氏不王，及吕氏稱制而王諸吕、殺諸劉矣。若近世士大夫之家，更難以屈指數。苟於己有瓜葛者，雖常有怨於夫而常思厚之，夫之貧困因何致不問也，夫欲薄之，則以積德從厚之説進之；苟於己無瓜葛者，雖嘗有德於夫而常思薄之。夫之富貴自何來，不問也。夫欲厚之，則以節用留餘之説進之。夫夫之富貴己必與焉，夫之貧困己亦必與焉，此宜無事不與夫一體，而倒行逆施乃如此，不幾以怨報德而以德報怨乎？至於執所見者，尤非言所能盡。若漢竇太后奉黄老黜儒術之類。雖丈夫有言，若弁髦然。今詩乃云“知子之來之，雜佩以贈之。知子之順之，雜佩以問之。知子之好之，雜佩以報之”，婦人能體其夫之心，乃至是乎？是雖不足爲賢，然恐後世以賢名者或未逮焉，亦足以愧夫世之私所親而執所見者矣。

△ 有女同車

《有女同車》,《序》云：“刺忽也。大[1]子忽嘗有功于齊，齊侯請妻之，齊女賢而不取，卒以無大國之助，至於見逐，故國人刺之。”朱子《詩序辨説》云：“忽之辭昏，未爲不正，至其失國則又特以勢孤援寡，不能自定，亦未有可刺之罪也。《序》乃以爲國人作詩以刺之，其亦誤矣。後之讀者又襲其誤，必欲鍛鍊羅織，文致其罪而不肯赦，徒欲以徇説《詩》者之謬，而不知其失是非之正，以亂聖經之本指，壞學者之

① 大，《畿輔叢書》本作“太”。大，同“太”。

心術也。”朱子之辨可謂明盡。然近世説《詩》者仍多從《序》説而以朱子爲非是。余按：詩詞一則曰“有女同車”，再則曰“有女同行”，齊侯之女深處閨中，何由得與鄭人同車同行？鄭氏不得已乃曲爲之解，以同車爲親迎。未聘之女而遽詠其親迎，稱爲“同車”，其污衊孰甚焉？一則曰“顔如舜華”，再則曰“顔如舜英”，明明稱其色美，賢何在焉？豈稱人之賢者固當稱其色乎？抑有色者即爲賢女乎？且齊侯初欲妻忽者，文姜也。文姜淫於兄而弑其夫，何賢之有？忽果娶之，亦不過爲魯桓之續耳。説者不得已，乃屬之再請妻時，再請妻者，尚未知爲何人，安知其不亦如文姜而鄭之人遂能決其爲賢女乎？然則此詩即非淫奔之詩，亦斷斷非刺昭公詩矣。細玩此詩，皆贊女子之美，或男子所作，或女子所作，均不可知。要不過稱其容顔之麗，服飾之華，初未嘗有一語稱其賢也。蓋鄭俗浮薄，所鄭重而樂稱者惟色，是以季札謂之“其細已甚”，細也者，無關於大體之謂也，不必於詩詞之外强尋一意以誣古人也。原序所以爲是説者，無他，當漢之時，四家並立，務期相勝，而又其時方尚鍜鍊，故因詩有“孟姜”之文，遂取《春秋傳》昭公辭婚一事以附會之。此乃漢時風氣，本不足怪，而後之人遂信以爲實然。雖經朱子詳加指駁而猶不信，真大不可解也。且其所以從《序》説者，不過曰孔子删《詩》不當存此淫詩耳。然不當存者豈獨淫詩哉？昭公辭婚一節，乃賢哲之高行，若不知稱美反用刺譏，此乃勢利之小人，扳援之鄙夫，無見識之尤者，何以反存之而不删乎？晉董叔欲爲繫援，求婚於范氏，他日范氏紡諸庭楀，爲叔向所譏笑。若刪淫詩而獨與其刺忽，是聖人教人皆學董叔也，尚可以爲訓乎？吾不知世何爲而信之也。

△ 山有扶蘇　蘀兮　狡童

《扶蘇》以下三篇，《序》皆以爲刺鄭昭公。《扶蘇》，《序》云："刺忽也。所美非美然。"《蘀[①]兮》，《序》云："刺忽也。君弱臣强，不倡而和也。"《狡童》，《序》云："刺忽也。不能與賢人圖事，權臣擅命也。"朱子《集傳》則皆謂爲淫奔之詩而深闢言刺忽之謬。然近世説者皆以爲孔子刪《詩》，不當存此淫詩，反以朱子之説爲非是。余按：謂淫詩不當存，似也，然所當刪者豈獨淫詩哉？昭公爲君，未聞有大失道之事，君弱臣强，權臣擅命，雖誠有之，然皆用自莊公之世權重難移，非己之過。厲公欲去祭仲，遂爲所逐。文公欲去高克而不能，乃使將兵於河上而不召。爲昭公者，豈能一旦而易置之？此固不得以爲昭公罪也。如果鄭人妄加毁刺，至目君爲狡童，悖禮傷教，莫斯爲甚！孔子曰："惡居下流而訕上者。"何以於此等詩反存之而不刪哉？且"所美非美"者，謂色乎？謂德乎？子都有色而已，何得以比賢臣？考之《春秋》經傳，昭公以前爲莊公，射王、囚母，納宋、魯之賂而與其弑君，皆王法所不容，然而鄭人不之刺。昭公之後爲厲公，逐太子而奪其位，倚祭仲以立而謀殺祭仲，賴傅瑕以入而卒殺傅瑕，貪忍譎詐，背盟食言，是以謚之爲"厲"，然

---

① 蘀，原作"籜"，據《毛詩正義》改，餘徑改不出校。

而鄭人亦不之刺。獨昭公較爲醇謹，雖無駕馭之才，亦無暴戾之事，謂宜鄭人愛之惜之，然而連篇累牘莫非刺昭公者，豈鄭之人皆拂人之性，好人之所惡而惡人之所好者乎？然則三詩之爲淫奔與否雖未可知，然决非刺忽則斷然無可疑者。孔子未嘗删《詩》，説詳見後條下。

△ **餘論**

《詩序》之謬，《鄭風》爲甚。《遵路》以後十有餘篇，《序》多以爲刺時事者，即有以男女之事爲言者，亦必紆曲宛轉以爲刺亂。至朱子《集傳》始駁其失，自《鷄鳴》《東門》外，概以爲淫奔之詩，《詩序辨説》言之詳矣。顧自朱子以後，説者猶多從《序》而非朱子，無他，以爲《詩》皆孔子所删，不容存此淫靡之作耳。余按：《風雨》之見君子，擬諸《草蟲》《隰桑》之詩，初無大異，即《揚之水》《東門之墠》，施諸朋友之間亦無不可，不以淫詞目之，可也。至於《同車》《扶蘇》《狡童》《褰裳》《蔓草》《溱洧》之屬，明明男女媟洽之詞，豈得復别爲説以曲解之！若不問其詞，不問其意，而但横一必無淫詩之念於其胸中，其於説《詩》豈有當哉！且孔子删《詩》，孰言之？孔子未嘗自言之也，《史記》言之耳。孔子曰："鄭聲淫。"是鄭多淫詩也。孔子曰："誦《詩》三百。"是《詩》止有三百，孔子未嘗删也。學者不信孔子所自言而信他人之言，甚矣其可怪也！張采序陳際泰文云："知爲大士文者，雖不佳亦佳，不知爲大士文者，雖佳亦不佳。"小説載有馬生者，以其詩示人，人咸笑之，乃假扶乩，稱康狀元海詩，座客無不贊者。後知其出於馬，始結舌不復語。世儒聞爲孔子所删而遂謂其無淫詩者，何以異是！由是言之，朱子目爲淫奔之詩，未可謂之過也。然其詩亦未必皆淫者所自作，蓋其中實有男女相悦而以詩贈遺者，亦有故爲男女相悦之詞，如楚人之《高唐》《神女》、唐人之《無題》《香奩》者。又或君臣朋友之間有所感觸，而託之於男女之際，如後世之“冉冉孤生竹”“上山采蘼蕪”“君嫌鄰女醜”之類，蓋亦有之。子太叔賦《褰裳》，子柳賦《蘀兮》，子齹賦《野有蔓草》，賦之者既可以斷章而取義，作之者獨不可以假事而寓情乎？不然，何以女贈男者甚多，男贈女者殊少？豈鄭之能詩者皆淫女乎？雖據詞以説詩，而不拘以成見，但取其詞之有資於言，而不强知其意之所指爲何事，庶乎其得之矣。

《鄭風》二十一篇，惟《緇衣》好賢，有開國之規，《羔裘》直節，有扶危之操，其餘皆卑鄙猥瑣之言耳。兩《叔于田》及《女曰鷄鳴》其言之津津者，止弋獵一事，至《遵路》《同車》之屬，淫靡冶蕩，尤不知人間有羞恥事矣。故季札曰：“其細已甚，民弗堪也，是其先亡乎！”細也者，即卑鄙猥瑣之謂也。習俗如此，久必不勝其弊，安得而不先亡！是故讀《鄭風》者當知立國有久遠之圖，教民以淳朴爲貴，懲淫蕩之風，變弋獵之俗，而使之勤耕桑，敦孝弟，則宗社固於苞桑，所謂授之以政而達焉者，此也。夫然後不愧於學《詩》耳。若如《詩序》所言，諸儒所釋，篇篇皆刺時事，莫非愛君憂國之心，則與《衛》《齊》《唐》《魏》

之風幾無所别，季札何緣目之爲“其細已甚”，又何由知其當“先亡”乎？吾嘗取《傳》所載季札之言證之十五國風，無不合者，然據毛、鄭所注，則與季札之言無一不相剌謬，不知向來諸儒何以深信篤好其説而不容人少持一異議也，可歎也夫！

齊風

△ 鷄鳴

《鷄鳴》，美勤政也。太上以德化民，其次則莫若勤，雖古之大聖人猶以勤爲要務，故《書》曰：“無教逸欲，有邦；兢兢業業，一日二日萬幾。”《傳》曰：“民生在勤，勤則不匱。”蓋人君以一身撫有一國，爲地廣矣，爲人衆矣，所患常在耳目之不周，下情之不上達，故惟勤爲要務。何者？人主日與其大臣接，則宦官宫妾不能欺矣；日與其群臣接，則大臣不能欺矣。不能欺，然後能知人之賢否而用舍之。不能欺，然後能知人之欲惡而興革之。不然，逸樂自恣，深居簡出，大臣有權則爲大臣所壅蔽，大臣無權則爲便嬖宦寺所壅蔽，民情何由而達？國政何由而治？而人主之晏安酖毒，尤多因於好内，故開元治非不盛，得太真而遂亡；同光親翦朱梁，寵劉氏而遂亂。是以賢君惟恐視朝之晏，不得與大夫士熟議國政，而賢夫人亦惟恐其夫之耽於逸樂而不勤政，是以儆之勸之。知其事者作此詩以美之也。《序》乃以爲哀公荒淫怠慢，故陳賢妃相成之道，謬矣。朱子不取哀公之説，而但以爲言古賢妃，亦恐未然。豈自丁公下至僖公，十有二世之中，斷不得有一賢夫人，而必古者乃有之乎？大抵《序》説之誤皆由以十三國爲變風，務謂其有刺而無美，有邪而無正，委曲以爲之解；必不可通，則以爲陳古以刺今耳。學者信爲實然，亦可歎矣。

《齊風》何以首《鷄鳴》也？政勤於上也。《唐風》何以首《蟋蟀》也？俗美於下也。春秋之時，齊、晉最强，齊伯至數十年，晉伯至百數十年，此其立國之基必有遠勝於他邦者，而後英主得以乘其勢而有爲。《鷄鳴》《蟋蟀》所謂先立其基者也。蓋自丁公、唐叔立國於成周盛時，其設施措置、政事紀綱，必有能撫綏黎庶而垂裕後昆者，但世遠詩缺，無從詳考，賴此二詩，猶足見其遺澤。何者？此二詩者，皆其數世以後之詩，國安民樂，朝野無事，正人心逸豫之時，而在上者不敢自逸，在下者惟恐太康，是其初服之善政猶存，立國之紀綱未壞，是以雖有一二昏庸怠荒之主，而一得賢君即可以經理整飭而得志於諸侯也。故此二詩者，皆當在春秋以前，編《詩》者首載之，以見夫《南山》《盧令》《肅羽》《采苓》之所以不至於亡，而且以大啟其國者，賴有此也。

△還　著　東方之日

《還》，《序》云“刺荒[1]也，哀公好田獵，從禽獸而無厭”云云。《著》，《序》云“刺時也，時不親迎也”。《東方之日》云“刺衰也，君臣失道，男女淫奔，不能以禮化也”。後之説詩者，因此遂謂作此詩者，其意主於刺也。余按：《還》

① 荒，原作“忽”，據《毛詩正義》改。

云“揖我謂我儇兮”,《著》云“俟我於著乎而”,《東方之日》云“在我室兮，履我即兮”，皆以其事歸之於己。夫天下之刺人者，必以其人爲不肖也，乃反以其事加於己身，曰我如是，我如是，天下有如是之自污者乎？《南山》，刺襄公也，則其《序》云:“大夫遇是惡，作詩而去之。”而此三詩但云“哀公好田獵”，云“時不親迎”，云“男女淫奔”，並無一言及於刺者，與《南山》之序迥不類，疑作《序》者之意，但以録此詩爲刺之，非以作此詩爲刺之，不必附會而爲之説也。又按:“俟著”“俟庭”，施之朋友亦可，施之男女私會亦可，未見其必爲婚娶者。而“彼姝者子”，以《干旄》例之，亦可施之男子，亦未見其必爲淫奔者。竊謂遇此等詩，但當缺其所疑，不必强命之以事也。説已詳見前《邶》《鄘》《衛風》中。

魏風

△葛屨　汾沮洳

《葛屨》《汾沮洳》二詩,《序》皆以爲刺其君之儉嗇，朱《傳》采《序》刺儉之説而疑其非刺君。然玩其詞，亦並不似刺儉者。“象揥”“左辟”“如玉”“如英”，皆就容儀修飾之美言之，似譏其華而不實者，寧有刺人之儉而但歎其美好者哉？褊，狹也，狹則不能尊賢容衆，非儉之謂。而“采莫”“采桑”亦詩人託興之常，如“采苓”“采蕨”“采杞”之屬，非謂公族自樵采於野也。孔子曰:“與其奢也，寧儉。”

子貢曰："夫子温、良、恭、儉、讓以得之。"儉者，人之美德，出之於君大夫則尤難。祈以幣更，賓以特牲，器用不作，車服從給，晉悼以霸諸侯。豚肩不掩豆，一狐裘三十年，平仲以顯其君。黜官、薄祭，印段以保其室。儉亦何負於人，而乃以爲刺，且瑣瑣焉不一而足乎？太古之時，汙尊抔飲，楚之先世若敖、蚡冒篳路藍縷，以啟山林，未聞有以其儉爲病者，而後世之君以奢亡國者殆不可以枚舉，胡爲乎魏之人獨以儉爲詬病？無怪乎宋蔡京之據《周官》"不會"之文啟徽宗之奢以覆其國也。蓋此二篇章法與《鄘風》之《君子偕老》略同：其前文但言容飾之美，而末以一二語醒出詩意，直而不迫，婉而多風，善於立言者也。"履霜""采莫"，不過借以起興，執此爲儉之證，誤矣。

△ 園有桃　陟岵　十畝之間

《園桃》乃憂時，非刺時。《陟岵》，以爲行役思親者得之，然謂"國小而迫，數見侵削"，則二篇中皆未見此意。《園桃》所憂在國無政，若果已見侵削，則人皆能知之，何待於思？而行役亦臣民之常，《唐》之《鴇羽》，《召南》之《殷其靁》，豈必皆見侵削而後然乎？至以《十畝》爲國削，小民無所居，語尤附會。"十畝"，但就樹桑之地言之，非以十畝授田，何遂至於無居？朱子以爲"政亂國危而不樂仕"，是也。大抵《詩序》揣度爲多，以唐、魏之俗多勤儉，故謂之刺儉，以魏國小而鄰於晉，故以爲國小而見侵削耳。甚至《唐風》之《蟋蟀》明言"無已太康"而猶以爲刺儉，其誣古人亦已甚矣。

《陟岵》篇“父曰嗟予子行役夙夜無已”，當以上五字爲句，下六字爲句，於文既順，於韻亦諧。蓋“子”與“已”諧，“季”與“寐”諧，“弟”與“偕”舉里反。諧也。近世乃於“行役”處讀斷，失之矣。

△ 伐檀　碩鼠

《伐檀》，《序》以爲“刺貪”，朱子以爲“美不素餐”。然細玩其詞，二意實兼之。蓋惟賢人不得行其志，而相率遯於十畝之間，故在位者皆貪鄙之夫，不以無功受禄爲恥，其反覆歎美於辭榮之君子者，正以愧夫尸位之小人也。《碩鼠》，《序》以爲“刺其君之重歛”，朱子以爲“刺其有司”。然細玩其詞，“莫我肯顧”“莫我肯德”與《小雅·黃鳥》篇筆意相類，非惟不類刺君，亦不似專指有司者。蓋由有司不肖，惟務朘剥小民以自逸樂，而不復理民事，以致豪强輿隷皆得肆行吞噬而無所忌，故民不堪其擾而思去也。大抵生民困於有司之誅求者，其害猶小；困於衆人之魚肉者，其害最鉅。惟有司不以素餐爲恥，訟焉而不爲逮，逮焉而不爲理，則姦民益肆，里巷之間皆不能安其生，此即有司廉静寡欲，民猶不勝其困，况加之以貪乎？無怪乎其以碩鼠爲憂也。

△ 餘論

《魏風》僅七篇，然讀之，興亡之故如指諸掌。休休有容，一個臣之所以保子孫黎民也。執政者褊心，則在下之賢才無由進。况人之心思不能兩用，務實政者必簡於虚文，理大事者必略於小節，若卿大夫惟以修飾容儀爲美，而貴遊子弟倣而效之，則不復以量德程才爲事，而政事之乖忤者必多，西晉之所以陸沉也。是以《園桃》詩人憂其將危，然卿大夫狃於舊習，莫之知也，故曰“其誰知之，蓋亦勿思”。即有一二賢者，亦困於下位，勞於行役，家人父子無生聚之樂，由是稍有識者皆不戀富貴而戀田園矣。賢人去，則在位者盡不肖。美不素餐者，正以見卿大夫之皆素餐也。豈惟素餐而已，方且剥民以奉己，縱奸以殃民，民不聊生而皆有去志，所以晉師一至，不復有禦侮之人，而魏遂亡也。故孔子曰：“《詩》可以觀。”又曰：“誦《詩》三百，授之以政，不達，雖多，亦奚以爲？”豈不信哉！豈不信哉！

大抵國家盛時，皆以勤政愛民、黜華崇實爲務，故《衛風》首以《淇澳》，《齊風》首以《鷄鳴》，《唐風》首以《蟋蟀》。雖以《鄭》之其細已甚，而猶以《緇衣》冠之。一則其時在春秋前，君德民風尚美；二則編《詩》者亦寓懲勸之意。觀其先世詩篇，知其植基深固，是以其後政事雖衰，風俗雖敝，而未至遽亡也。今《魏風》首二篇獨以“左辟”“象提”“如玉”“如英”爲刺，則是魏當春秋以前，其君大夫已無遠慮，而但以修飾儀容爲事，植基本不深固，故其亡也忽焉。是以二篇之後，即以《園桃》[1]一詩繼之，編《詩》者於此蓋有深意焉。惜乎！説《詩》者皆爲刺儉之説所誤而見不

---

① 園桃，原作“桃園”，當係《園有桃》之簡稱，據顧頡剛編訂《崔東壁遺書》本改。

及此也。漢初諸家解經，雖不盡合經意，尚多推之政事。自《毛詩》以附會爲事，鄭氏箋之，遂變而爲章句之學。學者讀之不過以爲詩賦之資、舉業之用而已。故今初學之童子莫不誦《詩》者，及其爲政，雖舉人、進士毫無所展布，吏胥作奸，百姓失所，皆視以爲固然。無他，詩自《詩》，政自政，彼其讀《詩》之時，固不知其爲政也。嗟夫嗟夫！政與《詩》之分，其來固已久矣。

季札之觀樂也，於《鄭風》曰："其細已甚，民弗堪也，是其先亡乎？"於《陳風》曰："國無主，其能久乎？"然陳爲楚靈所滅，楚平復封之，至春秋之末而後陳卒亡，而鄭下至戰國之初而後亡。乃《魏風》之"大而婉，險而易行"者，反於春秋之初而先亡，何哉？蓋凡風俗之浮靡而無遠慮者，勢必浸衰浸弱以至於亡。若掊克持權，强凌弱，衆暴寡，有不可終日之勢，則其亡也忽焉。吾故讀《黄鳥》《我行其野》之詩而知周之必衰，讀《碩鼠》詩而知魏之必亡也。何者？賢人去則風俗日頹，故《白駒》之後次以《黄鳥》《我行其野》兩篇，《十畝》《伐檀》之後次以《碩鼠》一篇，理勢之自然也。然《我行其野》不過昏姻不相顧恤而已，薄則薄矣，初未有相凌藉事也。黄鳥啄我粟矣，然所損不多，且猶有邦族之可復也。碩鼠則吞噬無厭矣，而又作於土著之人，非適樂土，其勢無以自全。是以西周雖隕，猶有郟鄏之遷，而魏遂爲晉所滅也。大抵[①]人情之不相顧恤者，患在凌夷不振，故

① 抵，原作"抵"，據《畿辅叢書》本改。

其害緩；互相吞噬者，患在鯇卼不安，故其害速。學者比而觀之，則興亡得失之故了然可覩矣。

二《南》以外，《豳風》尚矣，其次則莫若《魏風》。鄭、衛之風舒緩，君子是以知其國勢之弱，齊、秦之風雄武，君子是以知其國勢之强。《魏風》則皆不然，其詩樸茂深厚，元氣未漓，蓋其俗猶爲近古焉。《葛屨》之刺褊心，止篇終一語；《彼汾》之譏貴遊，僅微露其意，皆不失温柔敦厚之旨。《陟岵》有思親之念，無怨上之心。有如《北山》之歎不均者乎？無有也。有如《鴇羽》之呼蒼天者乎？無有也。且不言己思親而但言親思己，慈孝之情尤爲篤摯。《十畝》但言退居之樂，不及服官之難，意在言表，殊耐人思。《伐檀》命意尤高，託興尤遠，爲美爲刺，一毫不露圭角，而一唱三歎，誦之使人塵鄙之心都消。惟《園桃》與《碩鼠》憂時感事，語頗沉痛，然猶不肯斥言，不肯直指，想其人材之美，風俗之厚，蓋迥非他國所可及。惜乎！其君之不足有爲耳。然晉自併魏以後，國勢益强，遂霸天下；及三家分晉，而魏氏爲多賢，文侯修德勤民，爲戰國諸君第一。善乎，吴季札之言，曰："大而婉，險而易行，以德輔此則明主也！"諒哉，其知音也！千載而下，讀其詞，猶令人神往。信乎，詞之與聲，果不容分而爲二也！

唐風

△ 蟋蟀

《唐風》何爲首以《蟋蟀》也？猶《齊風》之首以《鷄鳴》也，所以著晉盛之所由來也。而《蟋蟀》之用意，較之《鷄鳴》尤美。《序》乃以爲“刺晉僖公儉不中禮”，今觀其詞，但云“今我不樂，日月其除”，儉何在焉？且云“無已太康，職思其居”，刺何在焉？朱子以爲“歲晚務閑，相與燕飲而憂深思遠”者，得之。然尚有未盡者，何者？此詩前四句特係開筆，後四句乃其主意，與《東山》之四章相類，彼借客以形主，此先反而後正耳。非謂人之當樂，正謂人之不當過於樂也。“職思其居”，“居”謂現在所居之地，四民各有本業，先盡力於其所當務，而後以其餘暇行樂，雖行樂而仍不忘其本業也。“職思其外”，“外”謂意外所遭，本業雖已克盡，而事變之來無常，不可以爲未必然而置諸度外，朱子所謂“出於平常思慮之所不及，當過而備之”者，是也。“職思其憂”，樂者憂之所伏，太樂則憂必至，故計然曰：“旱則資舟，水則資車。”孟子曰：“生於憂患[1]，死於安樂。”所以樂之時，常作一憂之想也。瞿瞿，悚惕瞻顧也；蹶蹶，黽勉

---

① 患，原作“危”，據《孟子·告子下》改。

奔赴也；休休，安吉嘉美也。樂不忘憂，則不至於有憂，《傳》所謂“亡者保其存者也”。然則此三章者，即高宗“不敢荒寧”、文王“小心翼翼”之意，非陶唐之遺民，安能如是？第以勤儉美之，猶失其旨。况反以爲刺儉，不但與詩意相枘鑿，而與季札所言“思深憂遠”者亦大相逕庭矣！而世猶以《序》爲可信，無怪乎授之以政而不達也。

大抵人情處貧困則思慮多周，處安樂則奢佚易起。唐自叔虞至此，蓋不下數世百有餘年，太平日久，年豐人樂，上下恬熙，正縱恣怠惰之時，而其言乃如是，則其居安思危，循分守義，不待言矣。後世人情頹薄，不耐處約，亦復不耐處樂，衣食饒足則侈蕩頓生。乾隆四十三年，余鄉大饑，人不自存，甫豐收三年，而民即恣意暴殄，貧者亦美衣食、憚勤苦。近西山處，俗尤尚侈，婚葬之費，常至鉅萬。城中演劇，幾無虚日。尤好爆竹之戲，聲常盈耳。每歲放烟火於城南，男女駢肩累跡，蜂屯蟻聚。有娶妻者，則姻友助以炮，沿途聲常不絶，其以繁華相尚若是。其居且不之思，况於思外，又况於思憂乎？然强者皆取人財以自奉，黠者百計謀人之財，而愚弱者一遇荒歲即逃外郡，困踣道路間。嗚乎，吾不知其何心而必如是然後快也！使能如《唐風》之好樂無荒，則皆有以自給，可以不必害人，亦不至於窮餓。然勇威怯，智欺愚，横暴鄉里，人皆習以爲常而不之怪。數十年不葬者十家而九，而少節浮費則衆共非之，故諺曰“笑貧不笑娼”，吾願爲政者善所以導民，使風俗漸臻於淳厚，庶幾無愧於學《詩》也。

△ 山有樞

古人之言，有其意本在此而讀之可以悟於彼者。《出其東門》，言好德也，然讀之而知鄭俗之淫。《蒹葭》，言好賢也，然讀之而知秦之不重士。吾故讀《山有樞》之詩而益知唐俗之美也。蓋惟其民勤於職業，所憂者遠而不肯苟目前之安，是故詩人以此勸之。使如陳、鄭之風，淫靡是尚，則此詩不必作矣。且其所謂“喜樂”“永日”者，不過曳婁衣裳、馳驅車馬、掃庭内而考鐘鼓，使在今日，即爲循分自守之人，初無放縱荒淫之事而已滿其願，亦何其易足也！後世恣爲淫巧，狎妓，呼盧，鬧燈，演劇，烟火，雜戲，闐城塞巷，皆古人所未見未聞。即以衣裳言之，而亦有貂銀呢羽之奇，以酒[①]食言之，而亦有燕窩海参之目，其餘雕鏤挑繡之屬奪目争妍，亦莫非古人夢想所不到。視所爲曳婁馳驅者，且淡漠而無味，然則古所云逸樂者，即後世之不自逸樂者也，況於不自逸樂者乎？吾故讀《山有樞》而益歎唐俗之美，而知晉之必霸諸侯也。《序》乃以爲刺晉昭公“政荒民散，將以危亡”，與詩意全不類，豈有不勸之以勤政愛民而反勸以及時行樂，不憂國亡而反憂死！宜乎朱子之不取其説也。吕氏祖謙乃以吕嫛之棄珠玉爲比，曲爲之解。嫛但責吕禄之棄軍，未嘗勸以棄珠玉也，特自憤而棄珠玉耳，豈得用以爲比！甚矣，後儒之好附會以護《序》之失也！

---

① 酒，原作“洒”，據《畿輔叢書》本改。

△ 杕杜

《杕杜》,《序》以爲“君不能親其宗族，骨肉離散，獨居而無兄弟，將爲沃所并爾”，朱子《詩序辨説》云：“此乃人無兄弟而自歎之詞，未必如《序》之説也。况曲沃實晉之同姓，其服屬又未遠乎？”余按：曲沃正晉之宗族，方患其强大有滅翼之勢，而今反謂他人不如同姓，與其事正相反。朱子非之，是也。然吾反覆讀之，一何其與晉事如合符也。蓋自昭公以後，患在兄弟之相争奪；而自獻公以後，則患在兄弟之相疑忌。桓、莊之族譖富子而去之，獻公盡滅桓、莊之族。驪姬之亂，詛無畜群公子，自是晉無公族。文公諸子皆適他國，其見於《傳》者，雍在秦，樂在陳，成公在周。襄、靈以後，遂以爲常，卒至公室衰微，六卿相併，而韓、趙、魏共分晉國，詩言若蓍蔡。然則是此詩與滅翼以前之事正相反，與獻公以後之事酷相類。而《序》乃以曲沃爲言者，無他,《序》以《無衣》爲美武公，而此在《無衣》前，故臆度之而以曲沃之事當之，不知《無衣》未必果美武公，而篇第亦不無失次。或者此詩即指獻公以後晉事而言，亦未可知，但不如《序》所説耳。即果詩人自道其家事，而其理自可通於國，使晉君能服膺此詩，則無復有三家分晉事矣。然則無論此詩所言爲家爲國，而其禍福皆如燭照數計，無怪乎季札以爲思深而憂之遠也。

△ 餘論

五霸，桓公爲盛，齊桓在位數十年，晉文在位不及十年，而管仲天下才，先軫、狐偃、趙衰等亦非其比，然齊桓既没，齊遂失霸，而晉文子孫繼霸百數十年，此何故哉？吾讀《春秋》經傳時嘗疑之，近年細玩風詩，始知其故。蓋晉本承陶唐之舊，民情淳厚，流風遺俗尚未盡改，非但《蟋蟀》一詩“好樂無荒”爲思深而憂遠也，觀《椒聊》之“盈升”，亦似預知有汾隰之獲者，閱《杕杜》之“葉湑”，亦似預知有屯留之遷者。乃至《采苓》之刺聽讒，爲之代謀深慮，亦似事外之人出於忠君愛國之忱而作焉者，與《巷伯》《青蠅》遭讒憂憤之詩皆不類。即《鴇羽》之思親，《杕杜》之好賢，亦皆足見風俗之美，是其植根深固，迥非他國所及，不惟《鄭》《衛》之靡弱不可同語，即泱泱大風[①]亦安能望之？是以易世之後，猶師武臣力，綿延數世，下至戰國之初，而猶謂“晉國，天下莫强”也，故讀《豳風》知周之所以王，讀《唐風》知晉之所以强。信乎，《詩》之可以觀也！

① 泱泱大風，原作“決決大風”，據《左傳》改。《左傳·襄公二十九》載季札論《齊風》曰：“美哉泱乎，大風也。”

讀風偶識卷之四

秦風

△ 車鄰

吾讀《詩》至《秦風·車鄰》之篇，而不禁喟然三歎也。曰：嗟乎！趙高之禍，其萌於此矣。春秋之世，齊、晉爲强，而戰國則秦爲盛。然《齊風》首以《鷄鳴》，《唐風》首以《蟋蟀》，而《秦風》之第一篇第一章獨斤斤以"寺人"爲言。且寺人亦有見於《詩》者矣。"寺人孟子"，《巷伯》有之矣，然特憂讒詩耳。"時維婦寺"，《瞻卬》戒之矣，然特因"哲婦傾城"而波及之耳。未有鄭重言之若此篇者，寺人之權安得而不重乎？曰："未見君子，寺人之令。"不過往來將命，初無預政事也。曰：寺人所以能干政者，正以其將命耳。寺人亦有何權？寺人之權即君子之權也。故人既見君子則權在君子，未見君子則權在寺人。秦之權在始皇者也，然人不得見始皇，則始皇之權即在趙高。始皇崩，權在二世者也，然人不得見二世，則二世之權亦即在趙高。彼夫扶蘇、蒙恬、蒙毅、李斯之屬，駢首而就戮者，豈有他哉，不過"未見君子"而已。藉使扶蘇、蒙恬得見始皇，始皇必不殺之，即毅與斯得見二世而言其情，亦未見二世之必致之死也。是以鄭之《緇衣》，孜孜焉適賢人之館，齊之《鷄鳴》，汲汲焉聽群臣之朝，無他，皆恐人之不得見君子耳。陳蕃、竇武、楊漣、熊廷[1]弼之屬，位居台輔，功在國家，而一旦不獲其死，無他，亦不過不得見君子耳。故孔子曰："《詩》可以觀。"豈不信哉！豈不信哉！此治亂興亡之大要，不知説《詩》者何以皆無一言及於此？而但以爲美其君之初有寺人車馬也，無怪乎誦《詩》者多，而授之以政而不達者亦正不少也。

《詩》之言"未見君子"者多矣，《汝墳》曰："惄如調飢。"《草蟲》曰："憂心忡忡。"皆據未見時之思慕言之。惟未見時有相慕之忱，故既見時有相逢之樂。而此篇獨先以"寺人之令"，若未見時有寺人之令，然後既見時有瑟簧之鼓者。嗟夫！既見君子則"並坐鼓瑟""並坐鼓簧"，其情親矣，其分尊矣，而未見君子則不能不借助於寺人，豈不可懼也哉？是以及時行樂，猶恐耋不能待，而其忘也忽焉，亦非但此詩然也。《權輿》之詩曰："於我乎，夏屋渠渠，今也每食無餘。"何以始重之而終替之也？毋亦惑於近侍嬖倖之言以至此乎？《晨風》之詩曰："未見君子，憂心欽欽。如何如何，忘我實多。"亦似初嘗有功於國，而後爲人所間，不得見於君者，故《序》以爲棄其賢臣。朱子雖疑《晨風》爲婦人念夫之詞，然玩其詞意，未見其必然。而百里奚非秦人，《扊扅之歌》不見於

① 廷，原作"延"，據顧頡剛編訂《崔東壁遺書》本改。熊廷弼與楊漣均爲明臣，爲宦官所讒害。

經傳，恐未可以是概秦俗也。語詳朱子《詩傳》。大凡人主任用近侍，賢人未有不爲其所譖者，編《詩》者以《車鄰》始，以《權輿》終，或亦有深意存焉乎？觀於商鞅富强之才，必由景監以見；吕不韋懼禍，則薦嫪毒以爲内援。似秦立國以來，多寄耳目於寺人者，而秦本周之舊，先王遺澤猶存，固當有遠慮之君子。或者詩人見微知著，故作此詩以風之，未可知也。縱作詩者不必果有此意，而讀此詩自可以悟此理，正不待於讀《秦本紀》《李斯列傳》而後知其敝也。

壅蔽之患，不但寺人然也，但凡近習嬖倖，苟得將出納之命，皆能變是非而快恩讎。唐長孫無忌以元舅秉政，受託孤之任，而一日不得見高宗，則生死之命懸於許敬宗之手。五代歐陽彬求見楚王馬殷，知客樊某索賄不遂，竟不得見殷，卒奔蜀爲節度使，故彬詩云："無錢將乞樊知客，名紙生毛不爲通。"亦不但人主然也，即府縣長吏，苟使人將出納之命，皆能隔聰明而作威福。昔者府縣官皆坐堂上理事，吏胥環立案前以聽命。訟者、投文者咸執牌由門而進，面爲批答，置印架上，有文移則取而印之，以故權不下移，含[1]冤者少。寅賓館在大堂之側，士大夫來則見之，踰日則往答之，非徒示謙而已，亦欲諮諏小民之疾苦也。以故上下之情常通，不知何時改辦事於宅門以内，文呈批稿悉由宅門出入，而爲守令者又多耽於逸樂，妄自尊重，往往懶於升堂，訟者待至數月，或至經年，而不得見。至士大夫來者，尤不樂與酬對，

① 含，原作"合"，據顧頡剛編訂《崔東壁遺書》本改。

即其人爵位匹敵，可與並坐鼓瑟鼓簧之人，而亦艱於一見。由是權盡歸於門丁吏胥，喜則福之，怒則禍之，一縣中莫敢誰何者。役之煩也，獄之冤也，百姓皆以咎官，而不知主之者自有人也。豈必寺人然後能爲威福也哉！嗟夫！十五國風，人讀之皆詩也，余讀之皆政也。雖然，此難爲世之專事舉業者言之也！

△小戎　無衣

吾讀《秦風》而知秦之必并天下也，吾讀《秦風》而知秦并天下之後之必不復見三代之盛也。何者？三代盛時皆以德服民，以禮治民。東周以後，王者不作，諸侯地醜德齊，莫能相勝，則惟以力争之；而兵凶戰危，人情多憚而不肯前。獨秦俗樂於戰鬬，視若日用尋常之事。《小戎》，婦人詩也，而矜言其甲兵之盛，若津津有味者，則男子可知矣。《無衣》，平日詩也，而志切於戈矛，意在於同仇，行陣也而衽席視之，鋒鏑也而寤寐依之，則臨敵可知矣。其風俗之勁悍如是，天下誰復能當其鋒者？湯、武既不可作，而自田氏、三家擅政以來，即桓、文亦不能再覯，天下之必折而入於秦者，勢也。雖然，既以力争之，則亦必以力守之。漢高帝所以威加海内，必思得猛士以守四方也，是以所務者惟治其甲兵，扼其險要，峻其法令，以弱天下之民，而先王之“道以德、齊以禮”者，至此都無所用，雖欲復爲三代，烏可得哉！無怪乎《蒹葭》之伊人之隱而不出也。朱《傳》之論《無衣》，深得其旨，惟謂《小戎》爲“以義興師”，尚有未盡。篇中但稱車甲之盛，固未嘗有一言之及於義也。至《序》反以《無衣》爲刺用兵，失之遠矣。又按:《春秋傳》季札觀周樂，以《齊》《豳》《秦》《魏》《唐》《陳》爲次，而今乃列於《唐風》後者，意編《詩》者之所更定。蓋自周衰鄭弱，齊、晉迭興，晉霸既衰，而秦遂有雄天下之勢，此古今升降之原，或編《詩》者預知之而列之於此，未可定也。

△ **蒹葭**

《白駒》，好賢詩也，曰“縶之維之，以永今朝”，曰“所謂伊人，於焉逍遥”，曰“毋金玉爾音，而有遐心”。《蒹葭》，亦好賢詩也，然但曰“所謂伊人，在水一方”而已，不望其縶維也，不望其逍遥也，亦不恤其有遐心焉否也。何者?《白駒》之時，周道既衰，周禮尚在，特其君不能用賢，其臣不能舉賢，故詩人猶冀其人之出仕，其國之中興焉。迨至平王東徙，地没於戎，秦雖得而有之，而所聽信者寺人，所經營者甲兵征戰，而不復以崇禮樂、敦教化爲務，人材風俗於是大變。然以地爲周之舊也，故猶有守道之君子，能服習先王之教者，見其政變於上，俗移於下，是以深自韜晦，入山惟恐不深，詩人雖知其賢而亦知其不適於當世之用，是以反覆歎美而不勝其惋惜之情。吾故讀《蒹葭》而知三代之將變爲秦漢也。《序》以此詩爲刺襄公之不能用周禮，說者因以“伊人”爲喻周禮，朱子以其說爲鑿。夫强指伊人以爲周禮，其説誠鑿，然以伊人之不出爲因周禮之不用，則朱《傳》與《序》説未嘗不互相發明也，特説《序》者失其指耳。嗟夫!

此詩在《小戎》之後,《黄鳥》之前，知秦人惟務强兵而不復以愛惜人材爲事，使伊人不在水一方，且將有繼子車氏之三良而不保其身者。信乎，其有見幾之哲，宜詩人之反覆而歎美之也!

陳風

△ 宛丘　東門之枌

《齊風》首以《鷄鳴》,《唐風》首以《蟋蟀》,《陳風》何爲首以《宛丘》《東門之枌》也?君子是以知陳之不能久也。大凡人情宜勞而不宜逸，宜檢而不宜縱。奢蕩之心勝則本務必荒，於是乎孝弟勤儉之風微;奢蕩之俗成則財用必匱，於是乎争奪欺詐之事衆，故敬姜曰:“民勞則思，思則善心生;逸則淫，淫則忘善，忘善則惡心生。”是以賢君大夫修其政事，務防閑其民，使不得縱恣。今《陳風》首二篇即以奢蕩爲事，則其政事可知已矣。且三百篇之中，亦有言佚樂者矣,《還》之言夸矣，然不過好田獵耳;《山有樞》言及時行樂矣，然不過酒食衣服以自適耳;未有若陳俗之專以遊蕩爲事者也。人無遠慮，必有近憂，國何恃而能久?是以春秋之世，陳最不振，幸而齊桓一霸，得以少安。齊桓既亡，遂折而服役於楚，未久遂爲楚莊所滅。幸而復封，而楚靈復滅之。又幸而再封，而楚惠卒滅之。豈非風俗之敝故哉!詩人蓋預知其如是，故賦其事而深譏之，而《衡門》之高士亦遂樂飢而不出也。

△ **衡門**

《衡門》,《序》以爲誘僖公，朱子以爲“隱居自樂而無求者之詞”。今按:“衡門”，貧士之居;“樂饑”，貧士之事;“食魚”“取妻”，亦與人君毫不相涉，朱子之説是也。細玩其詞，似此人亦非無心仕進者，但陳之士大夫方以逢迎侈泰相尚，不以國事民艱爲意，自度不能隨時俯仰，以故幡然改圖，甘於岑寂。謂廊廟可居，固也，即衡門亦未嘗不可居;魴鯉可食，固也，即蔬菜亦未嘗不可食;子姜可取，固也，即荆布亦未嘗不可取。語雖淺近，味實深長，意在言表，最耐人思。蓋賢人之仕，原欲報國安民，有所建白，若但碌碌素餐，已無樂於富貴，况使之媚權要以干進，彼賢人者肯爲宫室、飲食、妻妾之奉而爲之乎？恬吟密詠，可以息躁寧神，朱《傳》得其旨矣。

△ **東門之池**

《東門之池》,《序》以爲“疾其君之淫昏，思得賢女配之”。今按:“漚麻”“漚紵[1]”，絶不見有淫昏之意。即使君果淫昏，亦當思得賢臣以匡正之，何至望之女子？而人君禮不再娶，恐亦不容别求良配也。朱子以爲男女會遇之詞，較爲近理，然亦無由見其必然。細玩此詩，絶無狎褻之語，而

① 紵，原作“苧”，據《毛詩正義》改。

有隨遇而安之意，恐亦賢人安貧自得者所作。既息交而絶游，則惟有悦親戚親戚，猶言骨肉至親。之情話耳。老萊子攜妻負薪，梁伯鸞夫婦偕隱，何嘗非賢人之事？正不必因“彼美淑姬”一語遂定以爲淫詩也。

△ 墓門　株林

《東門之楊[①]》以下六篇，《序》以爲刺詩者五篇。今玩其詞，惟《墓門》《株林》爲刺詩耳。《株林》一篇，絶無一語直斥之者，但云：胡爲乎至株林？以從夏南故也。然則非適株林也，特從夏南耳。一問一答，痛疾之意溢於言表。二章又言“説于株野，朝食于株”，則其惟務荒淫，不恤人民，不理政事，顯然可見。其言語之妙，與《鄘風·牆茨》篇略同，但用筆各異耳。至以《墓門》爲“刺陳佗”，則絶不類。陳佗不聞他惡，但争國耳，而篇中絶無一語針對陳佗者。此必别有所刺之人，既失其傳，而《序》遂强以佗當之耳。若此果爲刺佗，則語皆索然無味，夫人能之矣。吾故讀《株林》而知《墓門》之必非刺佗也。蓋陳靈之事見於《春秋傳》，故得知其事之首尾，因并知其立言之妙。《墓門》所刺之人，不見於《傳》，故無從知其妙，然則三百篇中言語之妙者不知凡幾，特其事不見於《傳》，無可考耳。吾願説《詩》者皆缺其所疑，勿强不知以爲知也。

---

① 楊，原作“揚”，據《毛詩正義》改。

△餘論

《陳風》凡十篇，首二篇即言歌舞，其餘八篇，言男女約會思慕者四篇，刺淫亂及無良者二篇，獨《衡門》《東門》[①]二篇爲佳詩耳。然皆賢者高蹈不仕之作，則其風俗政事從可知矣。吴季札曰："國無主，其能久乎？"可謂知樂也已。吾故讀《陳風》而知陳之必亡也，然吾讀《株林》而又知陳之未遽亡也，何者？靈公雖無人理，然大夫諫之，詩人刺之，是其直道猶存，公論未泯，知其民心尚有一線之未盡。不然，荒淫者聽之而已，人亦不復醜之，即醜之亦不爲詩以刺之，即刺之亦無人爲傳之矣。是以楚莊滅陳而復封之，楚靈滅陳而楚平又封之，至春秋之末而後陳卒亡。信乎，《詩》之可以觀也！近世説者動謂《詩》不當存淫詩，不知政事得失，風俗盛衰，皆於《詩》中驗之，豈容删而不存？若如所言，《詩》何由得通於政，季札亦何由辨其得失及國祚之短長乎？其亦迂腐之至也已！

① 此指《東門之池》。

豳風補説

《七月》非周公作,《鴟鴞》非東征時作。《東山》《破斧》非大夫美周公，亦非周公勞歸士而歸士答勞之詩，皆已詳於《豐鎬考信録》中矣。然《七月》一詩，義藴精深，尚未及詳申其説，故復補而解之如左:

《七月》篇解

余少年時最愛《七月》一詩，近因眼疾，艱於翻閲，往往背誦風詩以自遣。吟諷既久，始覺少年所得尚淺，即先儒之説亦尚有未備未安者。暇日乃爲之解，於所未備者補之，所未安者易之，兩説互異者折衷之，疑則缺之，已詳者則不復贅。時嘉慶庚午夏六月也。

《七月》一詩，舊説謂首章前六句言衣，後五句言食，二章至五章終衣之意，六章至八章終食之意。余按:“采蘩”“獻豣”與衣無涉也，“于茅”“鑿冰”與食無涉也。且衣莫多於布，而布必藉於麻，何爲前四章反無一言稱麻，而後三章乃不一而足乎？細玩此篇文義，首章與第七章相爲首尾，首章言農事之始，七章著農事之終。而資生之計以衣、食、居三者爲要。無以“卒歲”，豈復有“于耜”之人？不先“乘屋”，必致誤播穀之事。是以首章農事未舉，先言“授衣”，七章農功甫畢，即言“乘屋”，此一篇前後之章法也。其中五章則皆叙田家雜事，先之以蠶桑者，豳地多寒，承上章“授衣”之文而先言養老之事也。因帛而遂及裘，故“于貉”“取狸”次之，因衣而遂及居，故“塞向墐户”次之。而第六章則又雜事中之尤瑣細者，初未嘗以衣食分也。是故同一衣也，麻爲農夫所藝，則次之於黍稷之後；蠶爲女工所成，則列之於雜事之中。至第八章則又於衣、食、居三者之外補其未備者。以此求之，章法次第井然可辨，正不必取此七章而分屬之衣食也。説並詳各章中。

七月流火，九月授衣。一之日觱發，二之日栗烈。無衣無褐，何以卒歲？三之日于耜，四之日舉趾。同我婦子，饁彼南畝，田畯至喜。

此章述稼穡之始。“于耜”“舉趾”，稼穡之始事也。先之以“授衣”者，關中南北皆山，豳在北山之北，地最苦寒，無以卒歲，來年誰爲之于耜、舉趾者？楊忠愍公繼盛之詩所謂“巖底餓夫寒欲死，來年縱稔濟誰飢”者也。故以“授衣”先之，冠之以“流火”者，衣非旦夕可成，故於兩月前預圖之。大凡人情狃於目前，罕爲後慮，豐則不爲荒備，健則不爲疾備，熱則不爲寒備。七月火雖西流，殘暑猶存，距寒尚遠，乃見星流即知寒之將至，先事而籌，則無倉卒之患，諺所謂“天河掉角方音讀平聲，防備蓋窩”者也，故以“流火”冠之。

“七月”“九月”，夏正也；“一之日”至“四之日”，周正也。《傳》云：“觱發，風寒也；栗烈，氣寒也。”余幼讀此詩，亦尋常視之，其後身至豳土，即今陝西邠州，唐時改豳爲邠。仲冬之月，朔風勁甚，逮季冬時，小立庭中，微風不起而肌膚若裂，其寒真有如觱之發、栗之烈同裂者。然後知詩人體物之精，立言之妙也。前但言衣，後兼言褐者，褐亦豳所産也。

“耜”，耕器，即今之鋤也。古未有犁，故用耜以耕也。言“同我婦子”者，帛肉專以奉老，勞苦則卑幼皆當任之也。“田畯至喜”者，上下一體，愛民深，故課耕勤也。

七月流火，九月授衣。春日載陽，有鳴倉庚。女執懿筐，遵彼微行，爰求柔桑。春日遲遲，采蘩祁祁。女心傷悲，殆及公子同歸。

此下五章皆叙田家雜事，復以“流火”“授衣”冠之者，因下文言蠶桑之事故也。雜事首以蠶桑者，一則王政以養老爲要，故孟子述王政亦以牆下樹桑、五十衣帛爲始；一則承上章“四之日舉趾”之文，遂言夏正二月事也。

“陽”，晴暖也，“有鳴倉庚”，《月令》所謂“仲春之月，倉庚鳴”是也。“微行”，由宅至桑徑也。孟子所謂“樹牆下以桑”者，非環牆皆桑也。民居必相櫛比，左右皆鄰也，蓋於牆外田内樹之，是以必遵微行以求之也。“求柔桑”者，二月間蠶尚稚，鄭《箋》所謂“蠶始生，宜稚桑”是也。

“蘩”，毛《傳》以爲白蒿，所以生蠶。按《召南》詩以“采蘩”爲公侯之事，《春秋傳》稱“蘋、蘩、蕴、藻之菜，可羞於王公”，則蘩乃蔬屬可爲饌者，非白蒿，亦非以生蠶者。古今名物不同，缺之可也。朱《傳》以爲“蠶生未齊，未可食桑，故以此啖之”，果如是，則詩先言“求柔桑”而後言“采蘩”，於文爲倒置，况用蘩爲時不久，爲數無多，何以於采桑不言祁祁，而反於采蘩言“祁祁”乎？然則詩特因言二月間事，故連類而及之，不必果以飼蠶故也。

“女心傷悲，殆及公子同歸”，毛《傳》以爲“與豳公子同出同歸”。女遵微行，何由得與公子同歸？鄭氏不從，是也，然謂“感陽氣而思男，欲嫁公子”，其失尤甚。惟朱《傳》以爲“許嫁之女以將遠其父母爲悲”者，得之。蓋男女居室，人之大倫，然男多樂婚而女多不樂嫁，何者？男子娶妻，與之共事父母；女子適人，則不得事己之父母。少有人心者自應爾爾，故曰“女子有行，遠父母兄弟”。傷悲固人情也，如鄭氏之言，傷春思嫁，乃後世不肖女子之所爲，寧先周之美俗而有是哉？女而嫁公子，則爲卿大夫之女可知，然且貴而能勤如是，宜乎朱子以爲風俗之美也。

七月流火，八月萑葦。蠶月條桑，取彼斧斨，以伐遠揚，猗彼女桑。七月鳴鵙，八月載績。載玄載黄，我朱孔陽，爲公子裳。

此承上章言仲春蠶桑之事，遂言季春蠶桑之事，因終言之以至於成衣也。“蠶月”，即夏正之三月，不稱三月者，豳俗重蠶，故呼此月爲蠶月，猶今人之呼十二月爲臘[①]月也。

“條桑”，芟桑條也。凡樹至春則芟其條，使續生者得遂其長，故擇其桑條之遠揚者芟而落之，以取其葉，而枝小附幹者則但采其葉。蓋蠶至三月，壯而食多，是以廣取桑葉以飼之也。

“載績”，績絲以爲帛也，舊説以爲績麻。按：上方言治絲之事，何得不言績絲而言績麻，使絲事有首而無尾乎？蓋承上文言績絲

① 臘，原作“獵”，據顧頡剛編訂《崔東壁遺書》本改。

而麻之績亦包括其中耳，觀下文言“爲公子裳”亦指帛而言，則此績之爲績絲明甚。

周人尚赤，故曰“我朱孔陽”。遷岐以前，周已尚赤，然則騶衍稱周以火德王，劉歆稱周以木德王，克商之後始尚赤者，其妄不待言矣。裳，猶衣也，變文以協韻耳。庶人五十以上者皆衣帛，而云“爲公子裳”，尊君親上之義，舉其重者而言之也。

四月秀葽，五月鳴蜩，八月其穫，十月隕蘀。一之日于貉，取彼狐狸，爲公子裘。二之日其同，載纘武功，言私其豵，獻豜于公。

此因上兩章言蠶桑之事，由帛而及於裘，遂推言之以及於大獵也。

“秀葽”，草蕃也。“鳴蜩”，蟲壯也。草蕃蟲壯，皆非田獵之時。至八月而禾稼熟，十月而木葉脱，然後田獵。取物之中，亦有愛物之仁存焉。

上言“于貉”，下言“取狐狸”，互文以見意也。“爲公子裘”，猶言“爲公子裳”，舉其重者言之，卿大夫、士庶人之老者皆在其中矣。

“于貉”，私獵也；“其同”，大獵也。安不可以忘危，故有文事必有武備。然兵凶戰危，非可嘗試者，故借田獵以習之，“私豵”“獻豜”，亦尊君親上之義也。

五月斯螽動股，六月莎鷄振羽，七月在野，八月在宇，九月在户，十月蟋蟀入我牀下。穹窒熏鼠，塞向墐户。嗟我父子，曰爲改歲，入此室處。

此因上章言製裘以禦寒，遂言入室以禦寒之事也。

“斯螽”“莎鷄”“蟋蟀”，朱《傳》以爲一物，隨時變化而異其名，是也。舊説以爲三物。後世謂之促織，或謂之絡緯，亦謂之蛩，皆是物也。

啟向本以清暑，故寒則塞之。户歷三時，不無剥落，故墐之。云“嗟我父子”者，前三章言裘帛皆以奉老，此入室則卑幼皆同之，故特著此文也。

前章首以“四月”，此章首以“五月”，亦章法也。

六月食鬱及薁，七月亨葵及菽。八月剥棗，十月穫稻。爲此春酒，以介眉壽。七月食瓜，八月斷壺，九月叔苴。采荼薪樗，食我農夫。

此章雜叙農桑餘事，蔬酒器物之屬，皆田家瑣細之務也。

“鬱”“薁”，未詳何物。“菽”，今謂之豆，後文十月納稼有菽，而此文七月已言“亨菽”者，蓋豆種類最多。豇豆有入飯、入蔬二種，扁豆亦以入蔬，皆陸續摘食之，白豆將熟者亦可食，故七月即亨菽也。

邠土宜棗，肥大甘美，他方莫能比者。稻，北方罕種之，今邠州惟一川産稻，竊意古者亦當如是。蓋緣所産無多，以故不以充食，但以釀酒。是以後文“納禾稼”不言稻，而此文“爲春酒”獨言稻也。

稻有黏不黏二種，不黏者可食，黏者可爲酒，所謂糯米者也，故《箋》《傳》皆謂稻以釀酒。竊疑棗亦用以釀酒者，今山東有棗酒，關中多用柿醋，或者以棗入稻而釀之。“春酒”二句，雙承上兩句，未可知也。

“壺”，瓠也。“苴”，麻屬。“叔”義未詳，蓋治麻也。《傳》謂“苴”爲麻子，與壺皆以充食。按：昔人稱“中流失船，一壺千金”，又稱“魏王貽我五石之瓠”，《論語》亦稱匏瓜“繫而不食”，則似古人於壺但以備器用不以充食也，而麻子亦非可食者，蓋亦治麻以爲布耳。所以“瓜”獨言“食”，而“壺”但言“斷”，“苴”但言“叔”也。

“荼”，未詳何物，或云即今茶也。按：荼、茶，文相似，古讀荼音與茶正同，説爲近之。但茶非可常食，古今不同，缺之可也。“樗”，今俗謂之臭椿，易生而非美材，故以爲薪。後世近山多薪煤，既洩地氣，亦勞人力；平地多薪秸藁，爨則煙濃，遇歲歉則不給於用。古人豈無秸藁，且邠山亦產煤，然皆不用，而惟用樗。惜乎，後人但苟目前之安，莫肯預樹樗於數年前也！云“食我農夫”者，別於上文“春酒”“介壽”之養老者而爲言也。

上章首“五月”，此章首“六月”，正與上章意同。

九月築場圃，十月納禾稼。黍稷重穋，禾麻菽麥。嗟我農夫，我稼既同，上入執宮功。晝爾于茅，宵爾索綯，亟其乘屋，其始播百穀。

此終首章稼穡之事也。首章“于耜”“舉趾”，開農事之始；此章“築場”“納稼”，表農事之成。首尾呼應，詩人之章法也。前言“八月其穫”，此何以言“十月納禾稼”也？禾熟先後不齊，此舉其終而統言之故也。何以繼之以“乘屋”也？猶首章之先之以“授衣”也。

“黍”，類稷而穗散，有二種。黏者可爲酒，《詩》所謂“豐年多黍多稌，爲酒爲醴”者也。不黏者可爲飯，河以北呼爲穄，今邠人謂之穈,《詩》所謂“其饟伊黍”,《論語》所謂“殺鷄爲黍”者也。朱子《黍離傳》云:“黍，苗似蘆，高丈餘，穗黑色，實圓重。”按:此乃今蜀黍，種自蜀來，而黏者可爲酒，故名蜀黍，俗呼爲高糧，非黍也。黍，中原徧地有之，朱子生長閩中，閩浙多稻麥，無黍，僅有蜀黍，故誤以爲黍耳。

“稷”，漢以後謂之粟，今北方農夫皆呼爲穀。粟，本黍稷未去皮之通稱，對米而言則皆曰粟，故曰“四百里粟，五百里米”。粟之中，稷最蕃，故概呼之爲粟，而黍則必稱黍以别之，久之而稷之名遂掩。朱子《黍離傳》云:“稷，一名穄，似黍而小，或曰粟也。”按:《説文》云:“穄，穈也。”又云:“穈，穄也。”穄乃黍之别種，故穈從黍，今郊人亦呼黍爲黏穈，何者?其類同也。《説文》云:“莠草似稷而無實。”今俗所謂穀正與莠相似，非農夫往往不能辨，而穄與莠毫不相類，則穄之非稷明矣。但山東、河南之人多讀入爲去，因有誤以稷爲穄者，閩、浙舊無此種，故無從辨其是非耳。云穄，非也;云粟，是也。詳見陸稼書先生《黍稷辨》及余《稷穄辨》中。

“重”與“穋”，黍稷皆有之。言“黍稷”復言“重穋”者，雨暘無定度，宜早宜晚，不可預卜，故多其種以冀其有一當也。“禾”，黍稷之通稱，凡穀之穗側垂者皆爲禾，故禾從木而側其首。篆文作禾。“麻”，所以績爲布而成衣也。詳於桑而略於麻者，帛，貴者老者之衣，布，卑幼之衣也。前已言“亨菽”，此復言“菽”者，前舉其一二種，此則兼諸種而統言之也。“麥”以五月熟，乃言於此者，農事既畢，通計一年之所入也。

“宫功”，朱《傳》云:“邑居之宅也。或曰，公室官府之役也。”余按:二義皆當有之，觀於“爲公子裳”“爲公子裘”，則上下一體，義固無所别也。日入而息，乃“宵而索綯”者，冬晝短而夜長，故以夜補晝也。“其始播百穀”，朱《傳》得之，鄭《箋》以爲祈穀，非也。蓋謂明春又將“于耜”“舉趾”，其文正與首章相呼應也。

首章農事未起，先言“授衣”；此章農功甫畢，即言“乘屋”。首章由子丑月逮寅卯月，此章敘戌亥月而仍及子丑月，復遥注寅卯月，亦章法也。

二之日鑿冰沖沖，三之日納于凌陰。四之日其蚤，獻羔祭韭。九月肅霜，十月滌場。朋酒斯饗，曰殺羔羊。躋彼公堂，稱彼兕觥，萬壽無疆。

農桑事畢之後，何以復終之以此章也？此古聖人所以燮理陰陽而使無水旱之災者也。何者？務農養蠶，人力盡矣，田疇可闢，百穀可成矣。然使雨暘不時，五穀不登，農夫將奈之何？故復繼之以此章也。蓋雨暘之不時有二：一由於天地之氣不通，一由於上下之情不達。“鑿冰”四語，所以通天地之氣也，“肅霜”七語，所以達上下之情也。

雨也者，雲所化也；雲也者，地氣之升焉者也。深山幽壑，人所不居，耕鑿之所不及，此雲所由升也。隆冬冰堅，寒氣凝結，則春分以後，地氣不得上升而爲雲。邠，山多而地寒，層巒叠嶂之中，必有積冰之處，故必“鑿冰”以疏其氣也。

“鑿冰”於“二之日”者何？此冰堅之候也。“納凌陰”於“三之日”者何？恐過此而冰泮也。“獻羔祭韭”以啟冰室於“四之日”者何？春分以後，陽氣日盛，恐陽氣之爍陰，故漸啟其冰以宣陰氣，此所以陰不伏、陽不愆而地氣常升也。

然亦有密雲布空而雨不降者，何也？熯氣之爍之也。熯氣何以爍也？里巷之間，强凌弱，衆暴寡，而上不之知，知之而不之禁，則怨且憤，怨憤之氣盛，則雲雖升而不能成雨。是以東海孝婦冤死，三年不雨，神宗用鄭俠言罷新法而天即雨。故欲和陰陽之氣者，必務通上下之情。“朋酒”“羔羊”而“躋公堂”，所以通上下之情也。

曰：雨暘不時由於訟獄不平，以平訟獄可矣。羊酒而躋堂何取焉？曰：訟獄之平，既事之後則然耳。治民之道固有立於未事之先者，不待於訟獄也。古者諸侯之國，大者不過百里，如今一縣然者，而其下有卿有大夫，有上中下士，承流宣化者多矣。使其君如今縣令長，高自位置，不屑輕與士民相見，民誰敢以朋酒羔羊躋其堂者？羊酒之躋公堂，民之親其君也，實由君之親其民也。

此其上下之間，無異家人父子，民有所欲，皆可自言於上而與聚之；民有所惡，皆可自言於上而勿施之。不但暴寡凌弱，上必知而禁之也，而衆自不敢暴寡，强自不敢凌弱，無他，知其耳目周而痌瘝切也。兵法所謂“上兵伐謀”者，此也。

上下交而陰陽和，雨暘時而禾麥登，休矣盛哉！此《七月》一詩所以必終之以此章也。

《七月》一詩，凡事皆爲未然之慮，不待於臨事也。“九月授衣”而先言“七月流火”者，見火已流，知衣之將授也。“四之日舉趾”而先言“三之日于耜”者，計田將耕，知耜之當治也。“于貉”“其同”在子月後也，見“其穫”“隕蘀”而已預戒之，“塞向墐户”爲“改歲”計也，當“動股”“振羽”而已遞數之。至第七章末始明指其故，曰“亟其乘屋，其始播百穀”，然後知前文之“流火”“于耜”等語皆非泛言，誠爲先事之慮故也。蓋天下之事，未事而圖之則有功，臨時而計之則無及。計然所謂“旱則資舟，水則資車”者也。是以樂則慮憂，常則慮變，豐則慮荒，故有終歲之憂而無一朝之患。後世之民情則不然：田穀豐登則佚樂頓起，衣食恣爲好美，風俗務尚繁華，若豐登可以常恃者。一遇凶荒，非流離於道路，即劫掠於閭閻，亦復何濟於事？甚矣，古人風俗之美也！

《七月》一詩，資用盡取之於國中，不待於外求也。五穀取之於田，不待言矣；其次莫如衣，而帛取之於桑，布取之於麻，裘取之於獵；又其次莫如室，而亦不過茅索以供其用；乃至酒取於稻，薪取於樗，無非國中之所自有。此外，惟厲鍛之屬須涉渭取之耳。是以其民各自安於耕鑿之天，無求於人，無慕於外，不待捐金於山而固無所用於金也，不待沉珠於淵而固無所用於珠也。夫惟不貪，是以無争，夫惟無争，是以宗族和諧，鄉里婣睦，美哉俗乎！余幼時至鄉中，見其俗尚有一二近古者，薪米取之於田，衣則市綿而紡績以爲布，罕有靡麗之飾、魚肉之奉，而應酬亦殊少，即有之，亦多以餅餌爲饋遺，以故人不蓄錢，亦不貪錢。壯年以後，鄉民漸尚紛奢，需用日增，非錢莫能買也，由是人多貪錢，智者欺愚，强者凌弱，而風俗遂日敝。吾故讀《豳風》而不能無今昔之感也。

《七月》一篇，自正月至十二月，趨事赴功，初無安逸暇豫之一時。男子耕耘於外，女子蠶績於内，未“舉趾”而已先“于耜”，甫“納稼”而即“執宫功”。雖農隙之時，而亦有“剥棗”“斷壺”“采荼”“薪樗”“取狐狸”“纘武功”

之事。乃至冰堅水涸，一切之事皆畢，而猶使之冒寒“鑿冰”，毋乃過於勞乎？曰：此先王之所以爲憂深而慮遠也。大凡人心不能無所用，不用於此則用於彼，不用於正則用於邪。日有所用而無休息，則心專於所營之事而不暇他有所及，以故無分外之思。一日無所事事，則其心遂放，而慆淫之念得以乘之而入。於是乎博奕、樗蒲、燕歌、楚舞、煙火、燈船、雜戲之屬盛行於時，而民之心遂蕩，蕩則不復思義。於是乎子不思孝，弟不思友，而鄰里亦不思任恤。且其用財既奢則必不敷所出，不敷所出則必取之於人，於是乎智欺愚，强凌弱，相争奪而不止，訟獄自是繁而風俗自是壞矣。是以楚莊王曰：“民生在勤，勤則不匱。”魯敬姜曰：“民勞則思，思則善心生。”吾故讀《七月》而知周之所以王，讀《蟀蟋》而知晉之所以伯也。惜乎，後世之學優而仕者之罕知此義也！

《東山》詩解

《東山》一詩叙室家離合之情，沉摯真切，最足感人，而絶無怨尤之意，尤足以見盛世風俗之美。余曩在京師時，滇南陳履和以其所作《〈東山〉詩解》貽余，余曾書其文後數十餘言，載於余文集中。暇中吟諷此詩，猶覺所論未盡，不能自已，復著此解附載之於《七月》諸章之後。

衛宏《毛詩序》云：“一章言其完也，二章言其思也，三章言其室家之望女也，四章樂男女之得及時也。”余按：首章自叙途中情形，次章代寫家中景象，皆未歸時事，謂之爲“完”與“思”，尚屬近之。至第三章明言久别乍逢之喜，故曰“婦歎于室，我征聿至”，而云“室家望女”，已爲誤解。若第四章乃言夫婦聚首之樂，而借[1]新婚以形容之，然後以“其新孔嘉，其舊如之何”兩句醒出主意，詞意甚明，今乃以爲“樂男女之及時”，是反以襯筆爲正筆，失詩人之指矣。

我徂東山，慆慆不歸二句無韻。**我來自東**韻，**零雨其濛**叶東。**我東曰歸**韻，**我心西悲**叶歸。**製彼裳衣**叶歸，**勿士行枚**叶歸。**蜎蜎者蠋**韻，**烝在桑野**韻。**敦彼獨宿**叶蠋，**亦在車下**叶野。

首章先寫未歸之時途中情形，以爲下文作勢。“西”字直照下“婦歎于室”句。“獨宿”“車下”所以反跌三章“我征聿至”、四章“其舊如之何”句，不寫未歸時之苦，不見既歸後之樂也。

我徂東山，慆慆不歸。我來自東，零雨其濛。果臝之實韻，**亦施于宇**韻。**伊威在室**叶實，**蠨蛸在户**叶宇。**町畽鹿場**韻，**熠燿宵行**叶場。**不可畏**韻，讀平聲**也，伊可懷**叶畏**也**。

次章極寫家中蕭條景象，暗含“三年”二字在内，首章所謂“我心西悲”者也。家中蕭條如此，何以爲情，不如是不見歸後之樂也。前兩章純用反跌，文勢極佳，以“伊可懷”結之，神氣直注末章“其舊如之何”句。

我徂東山，慆慆不歸。我來自東，零雨其濛。鸛鳴于垤韻，**婦歎于室**叶垤。**洒掃穹窒**韻，**我征聿至**叶窒。**有敦瓜苦**不入韻，**烝在栗薪**韻。**自我不見**不入韻，除首二句外，篇中單句，惟此二字不入韻，

① 借，原作“倡”，據《畿輔叢書》本及上下文意改。

于今三年叶薪。

三章乃寫夫婦相逢之樂。“婦歎于室”，“我征聿至”兩兩相對，然使乍别即歸，亦屬常事，無足異者，故復借“瓜”點出“三年”二字，以見久别重逢之樂也。

我徂東山，慆慆不歸。我來自東，零雨其濛。倉庚于飛韻**，熠燿其羽**韻。**之子于歸**叶飛**，皇駁其馬**叶羽。**親結其縭**韻，讀若羅**，九十其儀**叶縭，讀若俄。**其新孔嘉**叶縭，讀若歌**，其舊如之何**叶縭。

此當寫夫婦重逢之樂矣，然此樂最難寫，故借新婚以形容之。“縭”也而“親結”之，“儀”也而“九十”之，凡其極力寫新婚之美者，皆非爲新婚言之也，正以極力形容舊人重逢之可樂耳。新者猶且如此，况於其舊者乎？一句點破，使前三章之意至此醒出，真善於行文者。大抵此篇多用旁敲側擊之詞，最耐學者思索玩味，工於爲文者也。孔子謂：“不學《詩》，無以言。”讀此篇益信《詩》之有資於言者大也。

“我征聿至”“于今三年”兩句，乃一篇之關目，篇首“慆慆[①]不歸”一語，次章“果臝”“伊威”六句，皆暗含“三年”字在内；“制彼裳衣，勿士行枚”是撇筆，即補筆也，至第三章始借見瓜點出“三年”二字，非瓜也，其人也，言語之妙可想。

按：此詩詞意明甚，不知向來何以解爲大夫美周公與周公勞歸士也。姑存此注，俟有深於《詩》者决之。

---

① 慆慆，原作“滔滔”，據《畿輔叢書》本改。

通論讀詩

《詩》之旨趣，前卷言之詳矣。近覺其義有未盡者，復附論之於此。

孔子曰："誦《詩》三百，授之以政，不達，使於四方，不能專對，雖多，亦奚以爲？"夫《詩》以寫性情，《書》以道政事。《詩》之有資於言，可以專對，固也；若政事，則莫如《書》，而聖人反責之誦《詩》者，何哉？余自近年始悟其理，蓋其故有三焉：一則春秋之世卿大夫誦《詩》者多，觀《傳》所記賦《詩》、引《詩》之事，不可枚舉，故聖人就所素習者言之。二則《尚書》所載皆帝王經世之大法，非尋常人所能，春秋之世賢士大夫尚未足以及此，故聖人亦不以過望於當時也。三則政以治民正俗爲要，《尚書》所言乃朝廷興革之大端，至於民情之憂喜、風俗之美惡，則《詩》實備之，故讀《七月》而知周之所以興，讀《大東》而知周之所以衰，讀齊、唐之風而知其立國之强，讀陳、鄭之風而知其享國之促。《車攻》《夜如何其》非不朝會，仍其舊也，然誦《白駒》《黃鳥》而知周之必微。《載馳》《定之方中》非不國家，失其故也，然誦《淇澳》《干旄》而知衛之必久。《詩》之有益於政大矣，無怪乎季札觀於周樂而興亡得失遂如指諸掌也。余嘗觀前代諸史書，亦自以爲識其治亂之由，其後泛觀前人詩集、文集與野史之所載士大夫之風氣、民間之好尚、官府閭閻之利弊，所以興亡盛衰之故，皆了然如見，然後知始之所得尚淺，而史之未足以盡政也。聖人於誦《詩》者而望其達於政，其亦猶此意乎？惜乎！世之誦《詩》者皆爲《詩序》所誤，强以事附會之，失詩人之本意，遂至與政不相涉也。

大抵國家之所以久，惟在人心風俗之固，而人心風俗之固，惟賴都邑大夫之賢。觀《大田》之詩，“遺秉”“滯穗”以濟人。誦《無衣》之篇，“同袍”“同仇”以結友，不惟無争而且相恤，不惟衣裘可共而且患難可同。俗何以如是美也？無他，大夫廉勤自勵，修明政事，扶弱抑强，姦豪有所畏憚，故民得以相安。相安則不争，不争則相恤，是以如此。若貪惰自恣，則政皆失宜，徇私而鬻獄者有之，告於上而不爲理者有之，豪强由是肆行，而平民皆無以自保，非附會同黨以求其庇，則别倚豪强而與相抗，風俗安得而不壞乎？吾故讀《黄鳥》而知周道之衰，讀《碩鼠》而知魏俗之敝也，何者？篤實守分之人决不肯爲濟惡之事，他鄉寄居之客斷不能敵土著之民，勢必至於“食黍”“啄粟”，惟所欲爲而無如何。“莫我肯顧”“不可與明”，言人皆視爲當然，不以爲異也，非適樂土而復邦族，更有何策？良民去而旅人歸，則所存者皆敗俗之人耳，豈復能有固志！一旦疆埸頻驚，勢必土崩瓦解，無怪乎其避而遷於洛，折而入于晉也。此治亂興亡之大要。學者熟此二篇，則授之以政而無不達者矣。

《碩鼠》,《詩序》以爲刺君，朱《傳》以爲刺有司，今以《黄鳥》觀之，“食黍”“食麥”，何異“啄粟”“啄粱”之喻？蓋亦困於豪强之凌藉者，但因有司失政，是以至是，不必定以“碩鼠”屬之有司也。説已見《魏風》中。

古之人主有輕信人言而誤用姦人，誤殺賢臣者，讀史者輒譏其不明，固也。然此亦人之通病，非獨人主然也。雖説經亦如是而已矣。孟子曰：“左右皆曰賢，未可也。諸大夫皆曰賢，未可也。國人皆曰賢，然後察之。見賢焉，然後用之。”至於曰“不可”、曰“可殺”亦然，必待國人之言僉同，然後察之；必待察之見其果然，然後去之、殺之。若是乎其不肯輕於信人也。今説經者則不然，衛《序》、鄭《箋》之説《詩》也，不過一家如是言耳。《齊詩》不如是也，《魯詩》不如是也，即《韓詩》亦不如是也，是何異一二人如是言而諸大夫、國人皆不以爲賢、不以爲不可、不以爲可殺乎？且考之《史記》《漢書》，不合也，考之《春秋》經傳、《國語》，不合也，即細玩本詩之詞意而亦不合也，是何異一二人如是言，及察之而實未嘗賢，未嘗不可，未嘗可殺乎？然而説者皆不之問，有如不見不聞然者，此何故哉？夫諸大夫、國人之言皆同，尚猶不敢盡信而必察之，况僅一家言之而遂曰“《詩序》近古，必非妄言”者。然則古人之受誣者可勝道哉！此可爲長太息者也。

附録

崔述《考信録自叙》（據顧頡剛編訂《崔東壁遺書·附録》）

《考信録》何爲而作也？魏臺崔述述其先君闇齋先生之志而作也。

先君諱元森，字燦若。先世於明初以軍功起家，爲指揮使。永樂中，由大寧小興州遷保定之新安。九世至殷垣公，諱緝麟，於順治中始隨其伯父大理寺卿諱維雅者遷於大名之魏。績學砥行，爲一鄉之望，語詳《魏縣舊志》。恬退自安，不慕榮進。由舉人授大城縣學教諭，以老乞歸。段垣公生三子，次周溪公，諱濂。周溪公生二子，先君其長也。幼侍段垣公寢食，已略知聖賢學問大義。長而好學，有遠志，思有所建白於世，聲色服玩未嘗一寓目，自理學及經世致用書，靡不究覽。值家貧，無燈，則讀書月下；或焚殘香，逐字映而讀之。凡五試於順天，皆報罷，遂絶意仕進，杜門教授，終不復出，時年未三十也。魏故小縣，學者以爲舉業外，不復有他事。先君獨以道統之邪正，諸儒之純駁，朝夕聒而語之。

教人治經，不使先觀傳注，必使取經文，熟讀潛玩，以求聖人之意；俟稍稍能解，然後讀傳注以證之。常購前人解《論語》《孟子》書盈案上，毫釐之疑，必爲學者參考詳辨之。顧學者習於時俗所尚，咸務取科第，莫肯沉心殫力以探其奥者。惟述兄弟日侍膝下，頗略得其梗概。

初，述之生也，未彌月，先君即抱述懷中，而指謂吾母李孺人曰："顧兒他日爲理學，足矣！"甫解語，即教之識字。四歲，即教之讀書。未嘗令與群兒戲，蒱博管弦、鬭鶉獵犬之事，未嘗令一涉於耳目也。少長，則告之曰："爾知所以名'述'之故乎？吾少有志於明道經世之學，欲爾成我志耳。爾若能然，則吾子也！"述聞之，悚然愧勉，不敢自暴棄以負先人之教。會漳水決入城，城沼縣廢，屢遷徙，貧困奔走，饔飧不能給；或夜中涉波濤，冒風雨，凡數歲未有寧居。知大名府朱公煐、知大名縣秦公學溥，時時贍恤之。及乾隆二十七年，述兄弟同舉于鄉，始稍稍假廬舍，葺屋宇。顧先君業以積勞成病，時方以食廩久次貢入大學，亦不能赴也。

迨辛卯春，先君棄世，述遂無志仕進，日惟與弟邁以讀書自勵。胸中偶有所見，時亦發爲文章，然終自以學疏識淺，不敢大有所論著。積久，胸中益多，而年已逾四十。母氏既歿，弟邁旋故。自念受先人之教，提撕講解，得有所窺測，先人望其能自樹立也，而述既不能奮身當路，以先人之所欲爲者建白於朝廷，敷施于百姓，以光大前德，恐一旦與草木同腐，致先人之學泯然無所傳示於後，則述抱恨寧有終窮！乃思以其平生尺寸之所得者抒寫檢正，録之於楮。

竊謂聖人之道，自唐宋諸儒以來，闡發精詳，固非末學小生所能參其末議，然亦似尚有未盡者。蓋自周道既衰，楊、墨並起，欲絀聖人之道以伸其説，往往撰爲堯、舜、禹、湯、文、武、孔子之事以誣之而絀之；其游説諸侯者，又多嗜利無恥之徒，恐人之譏己也，則僞撰爲聖賢之事，以自解説；其他權謀術數之學欲欺世以取重，亦多託之於古聖人，而真僞遂並行於當世。然當其初，猶各自爲教而不相雜，至秦漢之間，學者往往兼而好之，雜采其書以爲傳記；其後復有讖緯之書繼出，而劉氏向、歆父子及鄭康成皆信之，復采其文以釋六經；兼以斷簡殘編，事多缺佚，釋經者强不知以爲知，猜度附會，顛倒譌誤者，蓋亦不少矣。惟漢譙周作《古史考》，頗糾《史記》謬誤，其後晉司馬彪復據《竹書紀年》，條《古史考》中不當者百餘事，然其持論既不盡允，而《史記》以外邪説謬解所未及者尤多。晉、宋以降，復有妄庸之徒僞造古書以攻異己，亦往往采楊、墨之言以入《尚書》《家語》。學者以爲聖人之經固然，益莫敢議其失，而異端之説遂公行於天下矣！隋、唐以降，學者惟重科目，故咸遵功令，尚排偶，於是《詩》自毛《傳》，《尚書》自《僞孔傳》，五經自孔氏《正義》以外，率視以爲無用之物。於前人相沿之訛，皆習以爲固然而不爲意，甚或據漢魏以後之曲解，駁周秦以前之舊文。至宋，一二名儒迭出，别撰傳注，始頗抉摘其失，然亦不過十之一二，其沿舊説之誤而不覺者尚多不可數，其編纂古史者，則又喜陳雜家小説之言以鳴其博：由是聖人之道遂與異説相雜，聖賢之誣遂萬古不能白矣！蓋嘗思之，古之異端在儒之外，後世之異端則在儒之内。在外者，距之排之而已；在内者，非疏而剔之不可。譬如漳與御河即古淇水。合流之初，清者在右，濁者在左，人皆見而知之；流數十里而清濁斯雜矣，又數十里而混然一色矣。故居今日而欲考唐、虞、三代之事，是非必折衷于孔、孟，而真僞必取信於《詩》《書》，然後聖人之真可見，而聖人之道可明也。

子貢曰："文、武之道未墜於地，在人。賢者識其大者，不賢者識其小者。"述雖愚陋，萬不能窺測聖人之一二，然自讀書以來，奉先人之教，不以傳注雜於經，不以諸子百家雜于經傳。久之，而始覺傳注所言有不盡合於經者，百家所記往往有與經相悖者，然後知聖人之心如天地日月，而後人晦之者多也！於是歷考其事，彙而編之，以經爲主，傳注之與經合者則著之，不合者則辨之，而異端小説、不經之言咸闢其謬而删削之，題之曰《考信録》。

顧家貧多病，衣食於授徒，焦勞於禦侮，碌碌苦無暇日；加以居僻書少，檢閲爲難，蓋八年而《洙泗考信録》始成，《補上古考信録》亦旋脱稿。會吏部文下，至京待選。遇滇南陳履和，悦而抄之。又數年，《唐虞考信録》甫脱稿。其他尚未訂正成卷，而述選得福州之羅源縣，遂不得竟其業。時嘉慶元年也。羅源地居邊海，民蠻俗敝，兼以事多掣肘，不能一有所爲。自念坐而曠職，何如歸而讀書，由是屢以病辭，而上官中有惜之者，迄不肯許。至六年冬，始得授政新令。越明年春北旋，乃得取《夏》《商》《豐鎬》等録從容撰訂，數年而後脱稿。然猶不敢自信，暇中復取新舊諸録細閲而增改酌定之，又數年而後成。

凡爲録者九，爲卷者三十；加以《提要》《續説》《附録》，共三十有六卷。一生之學問精力，略盡於此矣！其中亦有名物之微，無關大義，而辨之頗詳者，比事觸類，不能獨從略也。嗟夫！古帝王聖賢之事遠矣，其書之缺者亦多矣，欲以末學小生眇見寡聞爲之一一考正，其亦可謂不量力矣！然即其所窺者録而識之，拾韓、朱之遺，以待後人之采擇，亦未嘗非“不賢識小”之義也。

昔者遷承談命，《史記》斯成；固衍彪餘，《漢書》爰作，是以皆於末篇自序家世。世異古今而事同一轍，故今追述先人之志及夫作書之由，附於目録之後。雖述鄙陋少文，學問不廣，其中缺漏差誤不敢自必，然於先人之學或庶幾有萬一之發明云爾。

陳履和《敕授文林郎福建羅源縣知縣崔東壁先生行略》

（據顧頡剛編訂《崔東壁遺書・附録》）

嘉慶二十有一年二月，初六日，大名崔東壁先生卒。越五月，其門人石屏陳履和至，奉遺命，受書柩前去。越三年，乃取先生學行見於本集者撰次之，而於著書事尤詳慎，不敢苟也。

先生姓崔氏，諱述，字武承，號東壁，直隸大名府魏縣人。乾隆二十二年，以漳水屢決入魏城，廢魏縣，併入大名縣，故又爲大名縣人。先世居大寧衛小興州。明初，有諱義者以軍功起家，世襲指揮使，奉詔遷保定之新安。國朝順治中，諱向化者，始遷魏。再傳至先生曾祖，諱緝麟，號段垣，以舉人官大城教諭，學行冠一時，詳載縣志。祖諱濂，字周溪，武學生。考諱元森，字燦若，號闇齋，歲貢生，周溪公次子[1]也。妣李太孺人。

闇齋先生承段垣公之學，精研儒書，博綜時務，補縣學生。後五試順天，皆報罷，遂閉門教授，至老不倦。錢塘汪侍講師韓志其墓，以爲北方自蘇門孫徵君宗姚江王氏之學，遠近信從，君獨恪遵紫陽而尤愛玩當湖陸清獻公之書，躬行以求心得，因推爲“河朔真儒”云。

先生生平孝友廉介，讀書涉世，欲卓然有所樹立，爲名儒以顯父母。五六歲時，即從父受書。闇齋先生教之嚴，市井之言，游蕩之行，常不使接於耳目。少長，告之曰：“爾知爾所以名‘述’之故乎？吾少有志於明道經世之學，欲爾成我志耳。”十一歲，應童子試，已爲縣令所賞。十四歲，試於府，太守石屏朱公煐待以國士，擢冠其曹。弟邁亦前列，遂同補弟子員。闇齋先生喜兩子皆可教，先生益率弟朝夕砥礪，泛覽群書，巨細不擇。十五歲，太守招至署中，讀書晚香堂者數年。詩賦詞章，應制舉業，風發泉湧，見者莫不歎爲奇才。

家故貧，自丁丑、戊寅歲漳決城壞，十月之中，四遷其宅。二親嚴冬猶著單衣，無麥食，豆羹而已。辛巳七月，城再没，一月三徙家。先生屢自郡歸，附舟省視，泛城脊以達。

① 按：崔述《考信録自叙》謂其父爲周溪公長子。

洪波千頃中，仍與弟讀書鄰家空樓，以娱親意。時先生已中庚辰副榜。壬午秋，復與弟同榜中式。乙酉歲，知大名縣秦公學溥爲買室禮賢臺上。室不過數椽，而相傳爲魏文侯處段干木之地。水落臺高，殊宜遠眺，闇齋先生樂之。又見先生學日富，而新娶成氏婦才且賢，炊爨餘閑，佐讀不輟，時復呈詩於翁姑以博歡笑，益怡然忘所苦。

居數年，先生覺百家言多可疑，悔從前泛覽之誤，曰："此非吾父所謂明道經世之學也！"乃反而求之六經，以考古帝王聖賢行事之實，先儒箋註，必求其語所本而細核之，欲自著一書，以正僞書之附會，闢眾説之謬誣，舉子業置不復爲。時先生三十歲也。

辛卯二月，闇齋先生卒，貧無以葬。越三年，始能營新兆於城東南隅，終葬事。庚子三月，以長姊適陳氏者十年未葬，往成安自葬之。六月，子天祐殤。十月，李太孺人卒。明年六月，弟邁卒。壬寅三月，葬母及弟於城南新兆。自闇齋先生卒後，十年之間，叠遭變故，積哀勞，病作幾死者屢矣。母喪既除，痛弟邁篤學而年不永，所恃以成先志者孑然一身，益發憤自勵，始作《考信録》。疾病憂患中，奔走衣食又十年，而考古著書弗輟也。

壬子秋，如京師。是時履和留滯都門，下第者再三，負性硜硜，不與人妄通一刺。偶於逆旅中見先生，獲讀《上古》《洙泗考信録》及《正朔》《禘祀通考》，請師事焉。受業兩月餘，師弟相視如父子。逮十二月，先生還魏，而履和自是不復見先生矣。

先生少有志於功名，讀書時即悉心以究世務，若《救荒策》《漳水考》《漳河利弊策》《直隸水道記》，皆成於村居授徒，感時觸事之餘；且家貧無以養，故禄仕之念甚切。既數試禮部無所遇，二親又相繼以逝，《考信録》亦未成，自分以著書老矣。會吏部截取文至，又念先人嘗望我爲陸清獻，本欲其明道經世也，而四十年讀書論世，數遊四方，嘗艱難，知情僞，亦宜發揮於政事，以自驗其所得，故自奉文後凡四如京師，乃以嘉慶元年正月選福建羅源縣知縣。四月，挈眷行。羅源近海而衝，向稱難治。當清查後，前官罣吏議者三人。先生治官如治家，不美食，不華服，不優伶宴會，卯起亥休，事皆親理，日與士民接見，書役稟事皆許直入二堂，兼聽並觀，往往談詢移晷，而無敢干以私者，是以苞苴自絶，而地方百姓情形無壅蔽，從人胥役俱無所容其奸。聽訟不預設成見，俾兩造證佐各盡其辭而後徐折之。數年，案無枉者。

初，元年七月七日，有寧德縣鹽商之哨丁李枝、陳祁等爲鹽梟拒捕者所傷，陳祁落水死。其事起於東沖，屍亦撈獲於東沖。東沖者，霞浦縣地也。寧、霞兩邑恐罹處分，則以陳祁等由東沖口捕梟，駛入羅源之吉壁村，村人助梟毆祁淹斃具詳，而移羅源拘凶手。是時先生到任，距陳祁死七日矣。鄰邑以爲老書生初來，不習爲吏，且事在前任，或者不極力争辯，而先生駁詰甚力。二年夏，案猶未決。鄰邑既護前，大吏亦必責羅源捕吉壁人。先生以數十人軀命所關，豈可誣置死地！況兩邑先後移文又時地自相矛盾，乃自爲文據實詳辨，至再至三。理直辭達，兩邑無以復難。然後同官者服先生之明察而練事，顧不知其剖晰疑似，細入毫芒，皆自讀書考信中來也。是時桐城汪公志伊由本省布政陞任巡撫，激濁揚清，吏治肅然，稱州縣廉善者以羅源爲最，戒他縣當效崔令所爲。顧公與某公意見多不合，而三年六月適有黄玉興上控之案。

黄玉興者，羅源松山澳漁户也。自海寇興，武弁欲藉以邀功，兵役欲藉以漁利，漁户效之，遇商船操下南土音者，閩人以漳、泉二府爲下南。則要而索其賄；不與，則報縣審訊。一經詳報，則良民經年羈押，或生意外之虞。黄玉興前獲之廖君端等，是也。先生洞悉其弊，無辜之人審明即釋，往往同官張皇而先生以静鎮處之。玉興所續獲，訊而釋者又數十人矣。縣有武舉鄭世輝者，效用閩安協，告假回籍，與玉興及其弟玉明約："吾與若火食，得盗勿報縣，徑至閩安，隨我獻功。"由是玉興等出洋，遇三船，獲十三人，掠其物而拷問之，即駛船南赴閩安，而濂澳口南風急，不得進，反駛入羅源境避風。於是營弁遂上報，而後送先生訊之。訊之，則先獲之兩船六人但因下南音疑之耳。惟後獲一船，鄭世輝到案堅指爲賊者二人：一林孫，不肯受賊染，曾以二年六月率衆投首於閩安莊協鎮麾下，屢出洋立功，營中詳禀有案；一連元，二年十二月莊協鎮巡洋拿獲，經在洋緝捕之烽火營千總楊淡禀係其同鄉良民，釋放有案。此二人者，先生札詢協鎮，復書明白，協鎮復差弁黄捷凱至羅詳白其事。然則此船七人，亦皆未可指爲賊匪也。顧營既通報，七人者已提省，而先生方欲據實詳釋，世輝等恐不能邀功，反罹罪，而世輝父鄭豪，倉房蠹吏也，先生在任，豪不能有所爲，乃主黄玉興訟先生屢次擅釋巨盜。某公怒，飭先生自陳。先生遂以先後各案原委具詳，而副以通稟，有“卑職焉能殺人媚人”之語。某公益怒，欲參之，汪公持不可。是冬，某公去，案乃定。

四年四月，調署上杭縣。地闊訟多，難治倍於羅源。獨關税向有贏餘，人皆以爲利藪，不料先生拙宦，竟得署此也。於是從者皆舞蹈以往。先生至，則關税所餘千金悉解充洋面緝匪之費。聞者或議其矯，或哂其愚，不知先生安貧守介數十餘年，雖多財無所用，且恐虚擁厚貲，將來求歸不得，如某某可鑒也。一切政事如羅源，而勤勞過之，訟漸稀。先是，縣中聽訟，營弁必遣兵雜衆中，竊聽而刺其陰事，持短長相挾制，故令長必多爲宴會贈遺以要結之。至是，竊聽者皆自撤去。文武過從殊少，亦無怨也，而從者大失意。一日，至汀州，有以北地菘粥者，先生命盡買之。他日，有粥者，又盡買之。諸長隨笑曰：“有肉不會喫，要喫白菜，絶好一上杭縣，被崔老爹做壞矣！”閩人稱官爲老爹。

五年十月，回任。將至境，羅源人懸彩頌德，持兩端夾道而迎，大有兒童竹馬之趣。先生雖駕輕就熟，而勤慎之治終始不懈。其清理社穀以甦民困，建風雲雷雨壇及城西石橋，皆前在任時所欲爲而未及者。

所至，御書役不惡而嚴，人無敢犯，亦無敢欺。百姓犯法，不肯稍事姑息，然以豈弟慈祥爲本，唯恐誤刑一人。而洋面捕盜之案，所昭雪全活尤多，雖以此忤大吏弗恤，不止黄玉興數案也。地方敝俗，惓惓思有以易之。羅源侈婚嫁而不恥溺女，每歲正月，則飾新婦，聽人入室觀之，過元宵乃止。上杭則元夜、端陽爲燈船之戲，男女雜沓，數釀大案。先生力行勸戒，自爲示文，真意流溢，讀者感悟；而人或以此笑先生之迂。羅源文廟將圮，先生至，即倡修之，集多士訓課講學。嘗爲諸生講《孟子好辨章》，因及經學之廢興，聖道之明晦，古書之真僞，舊説之是非。日下昃，娓娓不倦。其教上杭士亦然。兩縣之士有見先生書者，然後知先生政事皆經術也。

先生初至閩，見州縣事多掣肘，不能自行其意，有退志，而以代賠前任虧項未清難之。兩年後，倉庫無虧，屢求病免，汪公不許。自上杭回任，求益力，汪公益不許。會捐例開，始得以捐主事離任。往辭汪公，公方告病謝客，延先生至榻前，謂曰："好官難得！吾不能薦汝，吾愧汝！汝去自佳，吾知汝不能逢時也。"是爲六年十月事。

明年春，出仙霞嶺，與成孺人酌酒相賀，蓋自幸全大節，脱險阻，而生平未成之書可以從容脱稿也。魏固無定居，既歸，居大名，又居安陽西山，又遷彰德府城。數值歲荒，典衣而炊，著作自娱，於是十餘年中全書告成。曰《考古提要》二卷，《補上古考信録》二卷，是爲《前録》。曰《唐虞考信録》四卷，《夏考信録》二卷，《商考信録》二卷，《豐鎬考信録》八卷，《洙泗考信録》四卷，是爲《正録》。曰《豐鎬考信別録》三卷，《洙泗考信餘録》三卷，《孟子事實録》二卷，《考古續説》二卷，《附録》二卷，是爲《後録》。此三十六卷者，《考信録》之全篇也；又以生平所著與《考信録》相涉者，曰《王政三大典考》三卷，《讀風偶識》四卷，《尚書辨僞》二卷，《論語餘説》一卷，《讀經餘論》二卷，爲《考信翼録》十二卷；又有《五服異同彙考》三卷，《易卦圖説》一卷，與《翼録》十二卷皆爲《雜著》。而《春秋類編》四卷，則未成之書也，不入目録中。文集凡十六卷：《無聞集》，文也，《知非集》，詩也，爲《正編》。《小草集》，閩中宦牘偶存稿也，爲《别編》。《細君詩文稿》，成孺人作也，《荍田賸筆》，詩文拾遺及偶存尺牘也，爲《附編》。志二種，凡四卷：曰《桑梓文獻志》，曰《水木本源志》。《存篋書》三種，凡四卷：曰《大怪談》，曰《桑梓外志》，曰《涉世雜談》。《餘編》三種，凡六卷：篇皆别存，目亦分載：曰《荍田雜録》者，其目五；曰《荍田瑣記》者，其目七；曰《荍田綴語》者，其目七。《贅編》二種，凡六卷：則《見聞雜記》又名《一消遣法》與《知味録》也。大凡先生遺書共三十四種，八十八卷。歸林之後，頗有瑣屑之事偶然涉筆者，然經學世務及勸懲大義亦往往散見於其中，毋論洋洋大篇也。而《考信録》一書尤爲五十年精神所專注。其所以著書之故，則《提要》及《自叙》盡之矣。

《叙》略曰：

聖人之道，自唐宋諸儒以來，闡發精詳，固非末學小生所能參其末議，然亦似尚有未盡者。蓋自周道既衰，楊、墨並起，欲絀聖人之道以伸其説，往往撰爲禹、湯、文、武、孔子之事以誣之而絀之；其游説諸侯者，又多嗜利無恥之徒，恐人之譏己也，則僞撰聖賢之事以自解説；其他權謀術數之學欲欺世以取重，亦多託之於古聖人：而真僞遂並行於世。然當其初，猶各自爲教而不相雜，至秦漢間，學者往往兼而好之，雜采其書以爲傳記；其後復有讖緯之書繼出，而劉氏向、歆父子及鄭康成皆信之，復采其文以釋六經；兼以斷簡殘編，事多缺佚，釋經者强不知以爲知，猜度附會，顛倒訛誤者，蓋亦不少。晉、宋以降，復有妄庸之徒僞造古書以攻異己，亦往往采楊、墨之言以入《尚書》《家語》。學者以爲聖人之經固然，益莫敢議其失，而異端之説遂公行於天下矣！隋、唐以後，學者唯重科目，故咸遵功令，尚排偶，於是《詩》自毛《傳》，《尚書》自《僞孔傳》，五經自孔氏《正義》以外，率視以爲無用之物。於前人相沿之訛，皆習以爲固然而不爲意。甚或據漢魏以後之曲解，駁周秦以前之舊文。至宋，一二名儒迭出，别撰傳注，始頗抉摘其失，其沿舊説之誤而不覺者尚多不可數；其編纂古史者，則又喜陳雜家小説之言以鳴其博，由是聖人之道遂與異説相雜，聖賢之誣遂萬古不能白矣！

蓋嘗思之，古之異端在儒之外，後世之異端在儒之内。在外者，距之排之而已；在内者，非疏而剔之不可。故居今日而欲考唐、虞、三代之事，是非必折衷于孔、孟，而真僞必取信於《詩》《書》，然後聖人之真可見，聖人之道可明也。

子貢曰："文、武之道未墜於地，在人。賢者識其大者，不賢者識其小者。"述雖愚陋，萬不能窺測聖人之一二，然自讀書以來，奉先人之教，不以傳注雜於經，不以諸子百家雜于經傳。久之，始覺傳注所言有不盡合於經者，百家所記往往有與經相悖者，然後知聖人之心如天地日月，而後人晦之者多也！於是歷考其事，彙而編之，以經爲主，傳注之與經合者則著之，不合者則辨之，而異端小説、不經之言則闢其謬而刪削之，題曰《考信録》。蓋八年而《洙泗考信録》始成，《補上古考信録》亦旋脱稿。會至京待選，遇滇南陳履和，悦而抄之。又數年，《唐虞考信録》甫脱稿。其他尚未訂正成卷，而嘉慶元年，述選得福州之羅源縣，遂不得竟其業。七年春，北旋，乃得取《夏》《商》《豐鎬》諸録從容撰訂，數年而後脱稿。然猶不敢自信，暇中復取新舊諸録細閲而增改酌定之，又數年而後成。凡爲録者九，爲卷者三十，加以《提要》《續説》《附録》共三十有六卷。一生之學問精力，略盡於此矣！

嗚呼！先生之《自叙》云爾，亦可以見窮年著作之苦心矣！方履和之事先生於京邸也，受書數種。越四年，隨先考於江西之廣豐，與閩接壤，先生又寄以書，皆刻之矣，顧尚非定本。逮先生全書訂定，履和已侍親還滇，南北數千里，相見無期。而先生年已七十餘，膝下未有子嗣。弟子伯龍奉母於魏，不得常常見。外人未有好先生書者，獨成孺人爲閨中老友，盡悉生平著書事耳。甲戌四月，孺人卒，室僅一妾，先生益漠然無所向。自念衰病日甚，乃聚其書爲九函，作遺囑，命妾藏焉，以待履和之至，時乙亥歲九月二十二日也。於是，師弟子相念二十有三年矣。明年閏六月既望，履和至，而先生歿已六月。謹稽首柩前，受遺書。手澤淋漓，不敢注視。居十日，待伯龍商葬事，乃如京謁選。丁丑二月，履和刻先生書於太谷縣署，以《三代考信録》先之。三月，使人詣彰德會葬，則先生喪已歸，緩不及事，履和罪也。夫古人事師，有左右而就養者矣，有數百里而負笈者矣，有千里而奔喪者矣，有棄官而行服者矣，今皆未能，計唯有早刻全書，公諸天下，以稍盡弟子之職。迺《三代録》甫成，而履和丁母憂南奔。嗚呼！全書之刻又當在何日耶？

先生服官六年，未得大有所展布。羅源、上杭之治，不知與陸清獻嘉定、靈壽何如，要之清風惠澤，視古儒吏無愧。至其辨僞書，正謬説，以明古帝王聖賢之道者，雖有時與前人舊解若方鑿圓枘之不可入，而證以《詩》《書》之文，孔、孟之論，則泯然爲一而無復離合之迹，真不朽之業，天壤間不可少之書也！老未登第，官又不達，且其持論實不利於場屋科舉，以故人鮮信之；甚有摘其考證最確、辨論最明之事，而反用爲詆諆者。四海之大，百年之久，必有真知，天亦必默相此書，傳之無窮，履和唯有慎守遺編以待其人而已。

先生頎碩，美鬚髯，善談論，往往以諧語箴俗，令人解頤，其著書亦時復如是。至性肫篤，事親能承其志，數遭水患，遷徙流離，必以仁者之粟養。爲諸生，試於郡，有託闇齋先生之命，欲與先生换卷者，先生曰："吾父必無是命。"弗應也。兩遭姊喪，皆哀慟致疾。弟卒，子女皆先生婚嫁之。成孺人生一子一女，皆早殤。撫弟子夢熊將以爲子，十五歲又殤。先後娶兩妾，皆無子，而伯龍生子亦屢殤。先生乃命伯龍以一人承兩房宗祀，待其生子以後夢熊。在上杭時，手書《貽謨篇》畀伯龍；歸魏，復書《承嗣條例》畀之。

生於乾隆五年七月二十九日，卒於嘉慶二十一年二月初六日，壽七十有七歲。

配成孺人，邠州通判大名成公懷祖女，以賢能事先生者五十年。其在羅源、上杭，殆不讓朱孺人之佐清獻也。著有《爨餘詩文》二卷。生於乾隆五年某月某日，卒於嘉慶十九年四月某日，壽七十五歲。先生爲之傳，系於詩後。

二十二年二月，伯龍以先生與孺人之喪歸葬於魏縣城南闇齋先生墓下，將粥彰德室而迎先生妾與母居。伯龍初以墓志命履和，履和不能爲，亦不及爲也。今先生既葬，而履和奔喪在塗，豈復敢哀戚，以作文字！顧自念大節在三，先生之歿亦履和心喪之年也，且表墓事不可緩，而他人無能悉先生志事者，乃於湖南舟中展遺書，取先生事親、治民、著書大略見於本集者，和淚濡墨，次其梗概如右，將求海內有道君子表墓序書，以垂永久，而先録一通復伯龍焉。

嘉慶二十三年二月，石屏受業門人陳履和謹撰。

右《行略》之作，初未知黄玉興誣控之林公後事如何。道光元年，余至都，始知其由行伍積功，累陞至福建金門鎮總兵，皆在先生解組北旋之後。其陞任浙江提督在二十二年，則先生没已年餘矣。方先生詳釋案内諸人時，亦但期昭雪其冤而已，他日功績官職豈能逆料，然已爲國家儲一將才。彼必欲誣之者，果何心哉！附書於此，以補當日序事之缺。二年冬十月十有六日，履和識。

《清史稿·崔述傳》（《清史稿》卷四百八十二）

崔述，字武承，大名人。乾隆二十七年舉人，選福建羅源縣知縣。武弁多藉海盜邀功，誣商船爲盜，述平反之。未幾，投劾往歸。

著書三十餘種，而《考信録》一書，尤生平心力所專注。凡《考古提要》二卷，《上古考信録》二卷，《唐虞考信録》四卷，《夏商考信録》四卷，《豐鎬考信録》八卷，《豐鎬别録》三卷，《洙泗考信録》四卷，《洙泗餘録》三卷，《孟子事實録》二卷，《考古續説》二卷，《附録》二卷。又有《王政三大典考》三卷，《讀風偶識》四卷，《尚書辨僞》二卷，《論語餘説》一卷，《讀經餘論》二卷，名《考古異録》①。

其著書大旨，謂不以傳注雜於經，不以諸子百家雜於傳注，以經爲主，傳注之合於經者著之，不合者辨之，異説不經之言則闢其謬而削之。如謂《易傳》僅溯至伏羲，《春秋傳》僅溯至黄帝，不應後人所知反多於古人。凡《緯書》所言十

① 《考古異録》，據陳履和《行狀》，當作"《考古翼録》"。

紀，《史》所云天皇、地皇、人皇，皆妄也。謂戰國楊、墨横議，常非堯、舜，薄湯、武，以快其私。毁堯則託諸許由，毁禹則託諸子高，毁孔子則託諸老聃，毁武王則託諸伯夷。太史公尊黄、老，故好采異端雜説，學者但當信《論》《孟》，不當信《史記》。謂夏、商、周未有號爲某公者，公亶父相連成文，猶所謂公劉也，“古公亶父”猶言“昔公亶父”也。謂匡爲宋邑，似畏匡、過宋本一事，“匡人其如予何”“桓魋其如予何”似一時一事之言，記者小異耳。其説皆爲有見。

述之爲學，考據詳明如漢儒，而未嘗墨守舊説而不求其心之安；辨析精微如宋儒，而未嘗空談虚理而不核乎事之實。然勇於自信，任意軒輊者亦多。他著有《易卦圖説》一卷,《五服異同彙考》三卷,《大名水道考》一卷,《聞見雜記》四卷,《知味録》二卷,《知非集》三卷,《無聞集》五卷,《小草集》五卷。

嘉慶二十一年，卒，年七十七。

唐鑒《大名崔先生學案》（《清學案小識》卷十四）

先生諱述，號東壁，舉人，官知縣。泛覽群書，巨細不擇，而一反求之於六經，以考古帝王聖賢行事之實，著有《考信録》全書，其門人陳履和述其目録曰：《考古提要》二卷，《補上古考信録》二卷，是爲《前録》。《唐虞考信録》四卷，《夏考信録》二卷，《商考信録》二卷，《豐鎬考信録》八卷，《洙泗考信録》四卷，是爲《正録》。《豐鎬考信别録》三卷，《洙泗考信餘録》三卷，《孟子事實録》二卷，《考古續説》

二卷,《附録》二卷，是爲《後録》，共三十六卷；又有《王政三大典考》三卷,《讀風偶識》四卷,《尚書辨僞》二卷,《論語餘説》一卷,《讀經餘論》二卷，爲《考信翼録》十二卷；又有《五服異同彙考》三卷,《易卦圖説》一卷,《無聞集》,《知非集》正編,《小草集》。先生學主見聞，勇於自信，雖有考證，而從横軒輊，任意而爲者，亦復不少，况其間得者，又强半爲昔賢所已言乎?

劉師培《崔述傳》(《國粹學報》卷三第九期)

崔述，字武承，號東壁。初爲直隸大名府魏縣人，後魏縣廢，併入大名，遂爲大名縣人。父元森，治朱子之學。述幼承父學，父語之曰:“爾知吾名汝之故乎? 吾素有志於明道經世，欲爾述吾志耳。”年十四，即泛覽群書，里人驚爲奇才。時漳决城壞，轉徙流連，衣敝糧罄，誦讀不輟。

乾隆壬午，舉於鄉。及嘉慶初，選授福建羅源縣知縣。羅源近海而衝，號稱難治。述既蒞官，卯起亥休，日接士民，從人胥吏無所容奸。有某弁誣良民爲海盗，述持之急，且投牒大府，謂“卑職焉能殺人媚人”，乃調署上杭縣。縣饒關税，宦閩者視爲利藪。及述爲令，以關税所餘數千金解爲洋面緝匪之用，日食蔬飲粥。人或笑其迂，自若也。繼復反任羅源，邑人迎者萬餘人。乃革弊俗，修文廟，課諸士講學，日昃不遑。閩人誦爲文翁復生。然廉介自持，不鶩聲氣，遂以老病乞休。時桐城汪志伊撫閩，重述爲人，且惜其去，乃語之曰:“好官! 吾不能薦汝，吾愧汝! 汝去，吾知汝不能逢時也。”

是爲嘉慶六年事。

述既去閩，乃往來河北，以著述自娱。先是述覽群書，篤信宋學，繼覺百家言多可疑，乃反而求之六經，以考古帝王聖賢行事之實。以爲“周道既衰，楊、墨並起，欲絀聖人之道以伸其説，往往撰爲禹、湯、文、武、孔子之事以誣之而絀之；其游説諸侯者，又多嗜利無恥之徒，恐人之譏己也，則僞撰聖賢之事以自解説；其他權謀術數之家欲欺世以取重，亦多託之於古聖人：而真僞遂並行於世。然當其初，猶各自爲教而不相雜，至秦漢間，學者往往兼而好之，雜采其書以爲傳記；其後復有讖緯之書繼出，而劉氏向、歆父子及鄭康成皆信之，復采其文以釋六經；兼以斷簡殘編，事多缺佚，釋經者强不知以爲知，猜度附會，顛倒訛誤者，蓋亦不少。晉、宋以降，復有妄庸之徒僞造古書以攻異己，亦往往采楊、墨之言以入《尚書》《家語》。學者以爲聖人之經固然，益莫敢議其失，而異端之説遂公行於天下矣！隋、唐以後，學者惟重科目，故咸遵功令，尚排偶，於是《詩》自毛《傳》，《尚書》自《僞孔傳》，五經自孔氏《正義》以外，率視爲無用之物；於前人相沿之訛，相率以爲固然而不爲意；甚或據漢魏以後之曲解，駁周秦以前之舊文。至宋，一二名儒迭出，别撰傳注，始頗抉摘其失，其沿舊説之誤而不覺者尚多不可數；其編纂古史者，則又喜陳雜家小説之言以鳴其博：由是聖人之道遂與異説相雜，聖賢之誣遂萬古不能白矣！蓋嘗思之，古之異端在儒之外，後世之異端在儒之中。在外者，距之排之而已；在内者，非疏而剔之不可。故居今日而欲考唐、虞、三代之事，是非必折衷於孔、孟，而真僞必取信於《詩》《書》，然後聖人之真可見而聖人之道亦可明。”

其所著書，有《考古提要》二卷，《上古考古録》二卷，《唐虞考信録》四卷，《夏》《商考信録》各二卷，《豐鎬考信録》八卷，《别録》三卷，《洙泗考信録》四卷，《餘録》三卷，《孟子事實録》二卷，《考古續説》二卷，《附録》二卷：是爲崔氏《考信録》。其與《考信録》相輔者，别有《王政三大典考》三卷，《讀風偶識》四卷，《尚書辨僞》二卷，《論語餘説》一卷，《讀經餘論》二卷，《五服異同彙考》三卷，《易卦圖説》一卷：爲《翼録》十二卷。惟《春秋類編》四卷未成。

其自叙《考信録》曰：“述自讀書以來，奉先人之教，不以傳注雜於經，不以諸子百家雜於經傳。久之，始覺傳注所言有不盡合於經者，百家所言往往有與經相背者。於是歷考其事，彙而編之，以經爲主，傳注之與經合者則著之，不合者則辨之，而異端小説、不經之言則闢其謬而删削之，題曰《考信録》。”

然述書之凡例，咸見於《考古提要》中。

述之言曰：“漢初傳經，各有師承，傳聞異詞，不歸於一。於戰國處士説客之言，難於檢覈。流傳既久，學者習熟見聞，不復考其所本，但以爲漢儒近古，其言必有所本。近世諸儒類多掇拾陳言，盛談心性，以爲道學，而於唐、虞、三代之事，罕所究心。復參以禪學，自謂明心見性，反以經傳爲膚末。而向來所沿之誤，遂莫復過問。而淺學之士，一語一言必據秦漢之書；見有駁其失者，則攘臂而争。但殉其名，莫窮其實，故舛誤乖剌，罔可詰窮。”

又謂：“凡人多所見則少所誤，少所見則多所誤。而凡人之情，好以己度人，以今度古，以不肖度聖賢。至於貧富貴賤，南北水陸，通都僻壤，亦莫不互相度：往往徑庭懸隔而其人終不自知。故以戰國、秦漢之人言唐、虞、三代之事，有移甲爲乙者，有以今度古者。加以戰國之時，説客辨士往往借物以寓意，後世以虛言爲實事，篤信不疑。故有古有是語未必有是事者，如《列女傳》采漆室之女是也。亦有古有是語而相沿失其真解者，如以羲和日馭爲御車之御是也。非惟秦漢之書述春秋之事多誤也，即近代之書述近代之事，其誤者亦復甚多。舉是以推，則古書所紀聖賢之事，其有年世不符者，均不可盡憑。又非惟漢儒多信戰國策士寓言也，即前人所言本系實事，而遞傳遞久，因以致誤。舉是以推，則古史既亡，若僅據傳記，古人之受誣者豈可勝道！蓋傳記之文，有傳聞異詞而致誤者，有記憶失真而致誤者，有兩人分言而不能悉符者，有數人遞傳而失其本意者，又有因傳聞異詞遂誤而兩載者。後人之書，又往往因前人小失，巧爲曲全，互相附會，以致大謬於事理。學者不察其致誤之由，遂信其説爲固然，不敢少異，良可歎也。”

又謂：“二帝、三王去今甚遠，言語不同，名物各别，且易竹而紙，易篆而隸，遞相傳寫，豈能一一得其真？故漢人説經，多出於意度，漢代以後，兼從事於作僞，致帝王聖賢之行事爲異説所淆誣，雖有聰明俊偉之才，亦俯首貼耳，莫敢異詞。故辨異端於戰國之時易，辨異端於兩漢之世難，辨異端於唐宋之世尤難中之難。蓋人之信僞也久矣，但震其名而不復察其是非，此‘考信’所由難也。”

復謂：“經傳之文，賢哲之語，亦往往過其實。學者惟當求其意旨所在，不必泥詞而害意。况傳雖美，不可合於經；記雖美，不可齊於經。後世廢經而崇記，故古制雜亂不可考，本末顛倒，於斯而極。”

此皆闡前人未發之隱。

及自述其著書之旨，則謂：“古人之學貴精，後人之學貴博，故世益古則取舍益慎，世益晚則采擇益淆。而文人學士又好議論古人是非，而不復考其事之虛實。不知虛實既明，則得失是非昭然不爽。故今爲《考信録》，專以辨其虛實爲先務。凡無從考證者，輒以不知置之，寧缺所疑，不敢妄言以惑世。若摘發古人之誤，則必抉其致誤之由，使經傳之文不致終晦。”又曰：“以予所見所聞，其人之僨事者均由含糊輕信，不復深問，未有細爲推求而僨事者。”其語均前人所未發。

述卒於嘉慶二十一年，年七十有七。弟子滇南陳履和刻其遺書。

當述之著書初成也，自爲諧語以評之曰“薄皮繭”。蓋北方有諺，於人之科名不遂，僅以舉貢終身，與仕宦以州縣畢世者，皆稱“薄皮繭”。其意以爲蠶有强弱，繭有厚薄，而人之樹立淺者謂之無成不可，謂之有成又瑣屑不足道，故目爲“薄皮繭”云。

崔氏既歿，其書不顯。近歲日人那珂通世復刊其遺書，閱者始稍眾。崔氏學術之不隳者，其以此夫？

論曰：近世考證學超越前代，其所以成立學派者，則以標例及徵實二端。標例則取舍極嚴而語無哤雜，徵實則實事求是而力矯虚誣。大抵漢代以後，爲學之弊有二：一曰逞博，二曰篤信。逞博則不循規律，篤信則不求真知，此學術所由不進也。自毛奇齡之徒出，學者始悟篤信之非，然以不求真知之故，流於才辯。閻若璩之徒漸知從事於徵實，辨别僞真，折衷一是，惟未能確立科條，故其語多歧出。若臧琳、惠棟之流，嚴於取舍，立例以爲標，然篤信好古，不求真知，則其弊也。惟江、戴、程、淩起於徽、歙，所著之書均具條理界説，博徵其材，約守其例，而所標之義，所析之詞，必融會貫通以求其審，縝密嚴栗，略與哲種之科學相同。近儒考證之精，恃有此耳。述生乾嘉間，未與江、戴、程、淩相接，而著書義例則殊途同歸。彼以百家之言古者多有可疑，因疑而力求其是。淺識者流僅知其有功於考史，不知《考信録》一書自標界説，條理秩然，復援引證佐以爲符驗，於一言一事必鈎稽參互，剖析疑似，以求其真。使即其例以擴充之，則凡古今載籍均可折衷至當，以去僞而存誠。則述書之功在於範圍謹嚴，而不在於逞奇炫博。雖有通蔽，然較之馬氏《繹史》固有殊矣。近人於考證之學多斥爲煩蕪，若人人著書若崔述，彼繁蕪之弊，又何自而生哉！

劉錦藻《讀風偶識提要》（《清朝續文獻通考》卷二五八）

《讀風偶識》四卷　崔述撰述見《書》類。

臣謹案：述論《詩》有曰："齊、魯、韓、毛均出於漢，三家之《詩》雖亡，然見於漢人引述者有之，與今《詩序》互異，豈《毛詩》獨可信而齊、魯、韓皆不可信耶？"又曰："前人以《詩序》謂子夏、毛公所作，非有實據，而衛宏作《詩序》則《後漢書》實有明文。夫申公説《詩》，疑者不傳，衛宏在後，何以每篇皆能悉其爲某人之事？"又曰："風、雅、南皆詩之體，江、沱、汝、漢皆在岐周之東，不當言化自北而南。"皆心得語。

江瀚《讀風偶識提要》（《續修四庫全書總目·經部·詩類》）

清崔述撰。是編非惟不取《毛詩》，於齊、魯、韓三家亦復有所軒輊。其言曰："《詩》在漢初，有魯申公、齊轅固生各以《詩》傳其弟子，其先蓋皆本之於七十子。雖不能無傳流之誤，要大概爲近古。其後韓嬰亦傳《詩》，然其源流未必能逮齊、魯之醇。最後《毛詩》始出，衛宏爲之作《序》，多傅會於《春秋傳》文，以欺當世。否亦强爲之説，而實以人與事。學者不加細考，以爲真有所傳，遂謂其書優於三家，從而注之箋之。由是《毛詩》盛行，三家漸微。逮於晉、魏，齊、魯之《詩》遂亡，《韓詩》亦不復行於世。學者所見惟有《毛詩》。童而習之，不復知有他説。雖淹博好古之士，皆以爲經之本旨固然，而《詩》之旨亦晦矣。"

其論《詩》之大旨也，又曰："二《南》之首以《關雎》者，男先乎女之義也；次以《葛覃》，婦敬夫也；又次以《卷耳》，婦愛夫也。"皆逞其臆見，别爲之辭。

惟以“《何彼禯矣》明言‘平王之孫’，其爲東遷後詩無疑。或以‘寧王’‘辟王’爲比。夫所謂‘寧王’者，猶其稱‘哲王’也。所謂‘辟王’者，猶其稱‘君王’也。可以稱此王，亦可以稱彼王。故‘寧王’或以爲文，或以爲武，泛稱之則可耳。若云‘寧王之孫’‘辟王之孫’，則不知其果出於何王也，古人寧有如是不通之文理乎？且《大雅》《尚書》稱‘文王’無慮百餘，何以不一稱爲‘平王’？則‘平王’断断非文王明矣。‘齊侯之子’亦决非齊襄公，襄公即位始取王姬，不得稱‘齊侯之子’”。是雖驳難前説，較爲有理。

其謂“《詩序》好取《左傳》之事附會。然考《傳》記所紀，往往有毫不相涉者。‘伐鄭之役，五日而還’，而强屬‘居處喪馬’之章；宋襄之立，衛在楚丘，而猶欲以刀葦杭河而渡”。舉此兩事議《序》，尚屬中肯。

其他或失之太過，宜分别觀之耳。至以平王戍申，非以申爲舅故而私之也，戍甫、戍許皆當日時勢使然，亦自有見。

説並詳所著《豊鎬考信録》云。